KB120591

고삐 너머

시작시인선 0340 고삐 너머

1판 1쇄 펴낸날 2020년 7월 10일
지은이 강유환
펴낸이 이재무
책임편집 차성환
편집디자인 민성돈, 장덕진
펴낸곳 (주)천년의시작
등록번호 제301-2012-033호
등록일자 2006년 1월 10일
주소 (03132) 서울시 종로구 삼일대로32길 36 운현신화타워 502호
전화 02-723-8668
팩스 02-723-8630
홈페이지 www.poempoem.com
이메일 poemsijak@hanmail.net

ⓒ강유환, 2020, printed in Seoul, Korea

ISBN 978-89-6021-502-3 04810
     978-89-6021-069-1 04810(세트)

값 10,000원

고삐 너머

강유환

천년의 시작

시인의 말

늘 너머 앞이다.
살아있어서다.
아름답다.

2020년 여름
강유환

차 례

시인의 말

제1부

부의

돌너덜길 지나 도착한 곳에
모래로 뒤덮인 몸이 있었다
유구했던 유수는 대퇴부에서 끝났고
섭생의 흔적은 실시간으로 지워졌다
오 분마다 포맷되는 형해에 붙은 입이
모래알 속에서 부팅하여 밥 먹으면서도
안 준다고 밥알을 장전하여 쏘았다

한쪽 다리를 세웠다 내렸다 하는
자유밖에 남지 않은 뼈에 물을 주고
꺼내 먹지 못할 사탕 봉지를 모래언덕에
보석처럼 묻고 돌아오는 길
제생병원 장례식장 발인 오전 6시
누군가 돌아간다는 메시지에
흘러야 하는 물소리 들려올지 몰라
서녘으로 귀를 활짝 열었던 것도 같다

너싱홈 별자리

비스킷만 한 새벽달 아래
성성한 낙타들은 여행객 태우고
베르베르족 길잡이 따라 떠나갔는데
대추야자 붉어지는 인가로도 못 가고
사하라사막 한가운데로도 못 가고
모래언덕에 무릎을 박은 늙은 낙타가
관목처럼 바스락거리며 울고 있었다

짐승의 남루한 등을 빌려 욕심껏
뜨거운 사막을 탐하고 돌아온 날 밤
꿈속까지 홀리며 아름답게 쏟아지던
별 무더기의 말간 빛은 어쩌면
고삐 밖으로는 나가 보지 못하고
노역에 위리안치된 아픈 영혼의 꿈

어느새 설 수도 걸을 수도 없는
늙은 낙타가 물선 자리에 누워 운다
독했던 낙타가 굽은 등 더 말아
생전 처음 큰 소리 내어 엉엉, 운다
갈 수 없는 91번지로 머리 돌리고

모래에 묻힌 발 꺼내어 구두를 찾으며
사라져버린 주민증 달라 떼쓰며

거창한 꿈 하늘에 쏘아 올려
별을 유목하던 날들 다 말아먹고
세상 끝 가장 먼 유배지에서 떠도는
바싹 마른 비명들을 주워 와
꿰어보는 까슬한 별자리
어둠별처럼 볼가지는 상한 별자리

게르니카

통곡은 무채색으로 뭉개져 봉인되고
학살 현장에서 살아남은 사람들의
공포와 경악이 무기한 점령한 거리
움직이지 말라는데 손 번쩍 들라는데
시장 어귀 좌판에 푸성귀 놓아두고
부러진 살대 고치던 우산 던져두고
골목으로 개골창으로 벼랑으로 터널로
혼절하듯 뛰어다니다 이르고야 만 곳

더는 생산할 수 없는 여자가
더는 구부러질 수 없는 남자가
퉁퉁 부어 관에서 비어져 나온 사물에 대고
지독한 냄새로 변한 물질에 대고 부른다
닳은 손으로 텅, 텅 닫힌 문들 노크하며
삼대독자를 아내를 딸을 불러쌓는다
감지 못한 눈 쓸며 하늘을 불러쌓는다

베어져 상무체육관에 일렬로 누운 꿈들
청대 너머 날아가지 못한 붉은 혼들
쏘지 않았다는데 찌르지 않았다는데

헬기도 안 떴다는데 매장하지 않았다는데
밤마다 구렁에는 암매장된 별들이 뜨고

살아남아 일찍 상주가 된 이들이
다시 일찍 상주를 대물림하는
콩고에서 게르니카에서 팔레스타인에서 제주에서
아르메니아에서 프놈펜에서 칠레에서 금남로에서
얼마나 많은 육신이 썩어 호수인가 나무인가
얼마나 많은 살갗을 뚫고 꽃인가 무지개인가

　숨 맥히고 기맥히고 살도 맞고 창에도 찔려 앉어 죽고 서
서 죽고 웃다 울다 죽고 밟혀 죽고 맞어 죽고 애타 죽고 성
내 죽고 덜렁거리다 죽고 복장 덜컥 살에 맞어 물에 거 풍
빠져 죽고 뽀사져 죽고 찢어져 죽고 가이없이 죽고 어이없
이 죽고 무섭게 눈 빠져 서 빠져 등 터져 오사 급사 악사 몰
사허여 다리도 작신 부러져 죽고 죽어보느라고 죽고 무단
히 죽고 함부로덤부로 죽고 땍때그르르 궁굴다 아뿔사 낙
상하야 가슴 쾅코아 뚜다리며 죽고 이놈 제기 욕허며 죽고
꿈꾸다가 죽는*

>
살아난 꿈들이 상주로 유전하는
생멸문의 킬링필드 초록 별에는
다시 노란 보름달이 피어 비손하기 좋을 때

통곡은 무채색으로 뭉개져 봉인되고
학살 현장에서 살아남은 사람들의……

• 판소리 「적벽가」(박봉술제).

너머 1

산타페모텔로 진입하는 은색 승용차 옆 행복마음 힐링센터 위 피닉스피트니스클럽의 나뭇가지처럼 나부대는 팔다리들 배경으로 곤달걀색 얼굴 덮은 산소호흡기 너머 갈댓잎처럼 버석거리는 중년 남자 건너 함몰한 두개골 밑 앞니 둘 남은 이 앞 육탈하여 포가 되어가는 노인 지나 주먹만 하게 파인 진자줏빛 궤양 아래 미주알 밀고 나오는 검은 덩어리 너머

이목구비를 쓸고 가새표로 팔 모으고 일자로 다리 맞추어 정렬한 뒤 흰 자루에 넣어 지퍼 올리고 끝

열 뼘 너머, 살아서는 알지 못한 암호를 이십 분 전 알아낸 사람이 당당하게 이중문에 육신을 터치하고 나갈 때 굶긴 몸 벗어두고 유유히 빠져나갈 때 승강기 앞 이동 침대에 누운 사람을 끌고 들어오는 이들 너머 흰 자루 위 무작정 쏟아지는 폭설 너머 일수불퇴의 길을 바삐 걸어 흩어지는 사람들 너머

동침

아버지 병 수발한 엄마가 쓰러진 뒤
엄마가 있는 병원으로 아버지를 옮겼다
꼭 엄마를 만나야겠다는 아버질
휠체어에 태우고 아래층으로 왔지만
한 번 상봉 후 자주 정신을 놓는다

서로 얼굴이나 잊지 말라고 이번엔
목 못 가누고 기억 흐린 엄마와 위층에 오른다
병상 위 바로 내려다보지 못하는 사람
휠체어 위 바로 올려다보지 못하는 사람
눈높이 맞추어주며 어수선할 때

산소호흡기 속에서 웅웅거리는
가마득한 한마디, 밥은 먹었능가
살가운 소리 쪽으로 고개 드는 엄마가
입 떼다 말고 덮고 온 이불 밖으로
살며시 뼈만 남은 오른손을 내민다

말없이 꼭 잡고 있는 두 손
너무 마른 말과 너무 부은 말이 만나

동반한 예순 해 빠르게 뛰어넘는 순간
한바탕 꿈이라도 더디 깨어나라고
이불 끌어 첫 동침한 손을 덮어준다

식상한 비가

등롱 하나 들고 강을 건너간다
구름 너머 햇기 없는 그곳에는
내 말을 들을지도 모를 이가 누워있다
그만 일어나 가자 속삭일 때
목 호스 너머 어렴풋이 잦아들며
한숨처럼 새는 불명의 거센소리
가늘게 떠는 오른쪽 집게손가락

보름 만에 듣는 말 두 마디를 안고
얼른 강을 넘어와 출세간에 누운
또 다른 사람에게 건네준다
가까이 갈 수 없어 울먹이는 그에게
풍경처럼 두 마디를 매달아 둔다
안심한 그가 공중에다 속삭인다
평생 한번도 꺼내보지 않았을
투박한 말을 들고 다시 강을 넘는다

구름장 너머 건널 수 없는 이들에게
내 머리를 이어 다리 놓아주지만
갑자기 어긋나 버린 화답은

아득한 하늘가에서 대롱거릴 뿐
어둠이 켜진 은하와 은하 사이
정수리가 닳아버린 이들이
늦은 전언을 보듬고 갈 곳 몰라
허둥거리는 네거리에는 꺽꺽,
예보하지 않은 겨울비가 내린다

늦은 저녁에

급작스레 멀리서 또 기별이 왔다
침팬지나 코끼리도 까마귀나 어치도
동족의 죽음을 슬퍼한다는 글을 읽고 있었다
올해만 해도 벌써 가슴 떨리는 네 번째 소식
태어남보다는 온통 떠나가는 것 일색이어서
오래 울리는 벨이나 떨리는 숨소리로 짐작하고도
애써 다른 이야기로 에두르지만 결국 그 자리
연 맺은 이들과 느루 속내 한번 못 나눴는데
다들 극단적 방식으로 근황을 기척해 온다
시위 주동자로 무기정학당해 졸업이 늦은 이는
월급 털어 넣던 섬으로 출근하다 배가 뒤집혔고
누구보다도 좋은 시대를 꿈꾸며 살던 이는
유서 한 장 없이 십오 층에서 낙하해 버렸다
편한 잠 한번 안 자고 무료 봉사 일삼던 친구는
단단히 뿌리내린 병의 숙주가 되었고
비정규직으로 맞짱 뜨며 강하게 살던 사촌은
퇴근길 자전거 앞쪽이 차에 받혀 즉사했다
아무리 이 바닥이 규칙 따윈 없다 해도
어찌 매번 이리 사이드로 몰래 들어오는가
어떤 코끼리들은 마지막 날 미리 알고

먼 동굴 홀로 찾아가 삶을 끝맺는다는데
가름할 순간마저 얻지 못한 이들 위해
늦게나마 예 갖추어 작별하지만
반칙을 법칙으로 삼은 비겁한 승자는
판 엎으며 다시 이리 흔들 테고
전화벨 소리는 오래 울려댈 테고
고요히 동굴에 못 들어간 이들 불러내어
이렇게 울먹거리며 어깨를 들썩일 뿐
늦은 저녁 못 넘기고 가슴이나 칠 뿐

하,

멸문지화는 찰나적으로 일어난 일
언제부터였을까 창문 틈은 거대한 성채
개미집에 이사 오려고 그리 고생했었나
잠자리도 꿈자리도 모두 다 들켰을 거야
머리끝까지 퍼런 스파크가 일어나
물대포로 파리채로 공격이다 돌격이다
팍팍 짓이기고 때리고 날리고 쫓고
과부하의 가학적 전율로 또 진격이다
피 칠갑한 살생의 힘줄로 불뚝
한순간 한 집안을 몰살시켜 버렸지
미물 군단이 단번에 쓰러지고
할아버지개미 위 할머니개미 위
아기개미 위 동생개미 위 여왕개미
결딴낸 삼대와 사촌과 팔촌들
이것들 쓸어 어디에 버리나
깜박 단꿈에 들었다 깨어났을 때

하, 가네 데려가네 떠메고 가네
족보도 선산도 없는 것들이
명함도 학벌도 없는 것들이

동강 난 엄마를 머리 잃은 아기를 물고
꺾인 할아버지를 친구를 사촌을 물고
눈물 흘리는 개미들 만장 행렬들
들길 지나 비탈길 올라가는 상여들
말끔히 아비규환을 쓸어 모시고 가네
꼭뒤까지 뒤꿈치까지 또 스파크가 일고

주민번호 111111-1111111
봉안번호 5-B1-035××
931 3-042 나 16-021
무연 1751 미상 16. 11. 12 2차수 3화로
무연 3398 김○○ 15. 9. 29 2차수 8화로

아기들이 여자들이 남자들이
길에 산에 다리 밑에 원룸에 쪽방에
절연 객사로 날마다 무연고 묘
미상으로 불상으로 버려지는데 지워지는데
하, 줄초상 난 개미들 통곡하며
아직도 데려가시네 떠메고 가시네

별유천지비인간이라[*]

1

동쪽 강 건너에는 비경이 있다네 첩첩산중 그곳을 찾을
때마다 나는 뒤축 닳은 신발을 꺼낸다네

2

비경은 소문을 낳고 절경을 만드네 작은 가방 메고 소풍
온 이들은 해거름 전 귀가하려 하지만 복숭아꽃 떠오르는 비
췻빛 계곡에서 수만 가닥 아롱지는 폭포수 아래서 홍매화
살구꽃 진동하는 향내 속 나비인가 새인가 나인가 헷갈릴
때 길은 사라지고 청청한 히말라야시더로 웅크린 괴석으로
와불로 그들은 점점 비경이라네 절경이라네

3

침엽수 깊은 초입을 통과하면 무지개로 만든 문에 이르
네 마음이 없어도 마음 읽어내는 방에 전시된 비경들이 최
상의 형식으로 절정이네 저마다 내는 묘음이 화음을 이루
고 성별도 나이도 식음도 평등한 여기는 무등 등등 별천계

4

까치 소리 유난한 날 얼굴로 봉양을 갈음한 이들이 돌아

가고 스스로 한가로운 비경 하나가 부드러운 매화로 난을 치네 주물러 물수제비뜨고 분도 바르다 붙박이네 묶인 팔에서 덜미에서 볼기에서 잇꽃이 연분홍 연꽃이 퍼런 수국이 쉬지 않고 피어오르다 지는 여기는 천지간 도원경

5

진주알 귀고리 달랑거리다 집세로 시름에 잠기다 한 식경 금강경 외다 성경 읽다 유성우처럼 이동하는 절경들 적멸하는 옆에서 굳은 매화 파내는 바로 곁에서 불로불사의 즙을 부어라 마셔라 손뼉 치며 낙양서엉 십리허에 에라 만수우 차표 한 장 들고 태평양을 인도양을 대서양을 은하수를 건너는 별세계

6

잠 못 드는 비경의 캄캄한 눈 포개주고 길 나서면 반개한 눈이 눈썹달처럼 내 꼭뒤를 따라다니다 국에서 찻잔에서 술잔에서 꿈속에서 만월로 차올라 온 천지에 후하게 뜨는 여기는

* 이백, 「산중문답」.

29

세문경

또각또각 걸어가는
싱싱한 다리의 전생은
직립 불가한 반마비의 다리
터질 듯 팽팽한 얼굴의 전생은
더는 그어질 수 없는 주름
전생을 따라가며 백화점에서
육친의 분홍색 외투를 산다
끝내는 외출하지 못할 것이어서
귀퉁이가 닳은 사물함에 걸리어
눈요기로나 유효할 테지만
오늘 내가 해야 할 일은
지아비 죽음도 모른 채 날마다
먼저 따스운 밥 한 숟갈 덜어놓는
이생의 질긴 법칙을 정리해야 한다
폐쇄 회로 화면 속에 누워
실시간으로 방출되는 부질없는
기다림의 기록을 지워주어야 한다
잊지 않으면 돌아가지 못할 이생
잔무늬가 곱게 새겨진 거울 들어
새 옷 입은 얼굴을 보여 줄 때

거울 속으로 이어진 길을 따라
머나먼 고릿적 청동의 시절까지
단숨에 거슬러 올라가
동록이 묻은 부장품들을
가쁘게 발굴하는 홍조 띤 사람의
어지러운 기억이 복원되기 전에

슬픔의 서식지

1

상사는 열 번도 넘게 속을 뒤집었다 공인된 칸막이를 뚫고 세부적으로 끼어들었다 단박에 제압하지 못하고 웃으며 속으로만 크게 엑스를 칠 때 그의 큰 가새표가 보였다 적절한 전달 체계였으나 내일 나는 더 환하게 환장해야 한다

2

슬로비디오로 넘어가는 토요일 오후 스스로 들어가서 미궁이 된 사람들을 통독하다가 잠시 연잎에 떨어지는 빗방울을 감상한다 변환의 귀재들 잎 위에서 섞이고 떼어지고 이어지기를 거듭하다 그대로 낙하해 버린다 식상한 일생이다

3

질긴 관계도가 유산인 그녀가 운다 아무도 들여다보지 않는 이들을 향해 울음으로 자기를 알린다 엎어지며 뒹굴며 울음으로 위로받던 날들을 전부 가슴에다 꿰매 놓고 울음 주머니를 부풀린다 울음 속에는 실종된 수많은 관계가 모여 있다 그녀는 늘 연잎 위에 있었다

＞

4

되돌아 나올 길을 알려 주는 실이 없던 그녀는 몸을 헐어 실을 만들었다 풀 수 없이 엉킨 실타래였다 나는 방랑을 비책으로 삼은 이는 실꾸리가 없다 절연이 출구이다 모두 독자적으로 살아야 한다고 말하였으나 그녀를 미궁으로 밀어 넣은 이가 나였다고 기록하지는 않았다

5

교차하는 차 유리창에 나랑 닮은 얼굴들이 돋아난다 소인도 찍지 않고 언제 어디서든 불쑥 전달되는 나는 얼마나 많은 관계들의 집중국인가 나를 감았다 풀었다 반복하는 체계에 오늘도 더 가까워졌다 발밑이 연잎 위였다

고삐

한세상의 결정판처럼 아름다운
다나킬 대평원*의 소금밭에서였어요
커다란 햇덩이가 원초적으로 떠있고
카라반 행렬이 불타는 노을로 퇴장하는
잡지 속 사진 같은 장관을 기다렸지요

역광 속에서 등장한 귀여운 주인공들이
노을 배경으로 모여 몸을 맞대었어요
꼬리뼈부터 목덜미까지 소금을 매달고
덩어리 무게를 앙버티던 나귀가
앞다리를 꺾고 허공을 발길질하였지요
고함과 채찍이 세차게 지나가도
미동도 하지 않고 휴식과 맞바꾸는
어린 나귀 옆, 네발 달린 동물들처럼
허리를 펴지 못하는 늙은 인부들이
마른 다리에 붙은 소금버캐를 떼었어요

매혹적으로 반짝이는 평원의 앵글 밖
거대한 종양같이 불거진 해를
숙명처럼 이고 살아가는 소금 사막

벗어날 수 없는 핏빛 풍경들
채굴하듯이 줌인 할 때마다
깊이 파고든 줄들이 끌려 나왔어요
어스름 그때 누군가 제 목을 당겼지요

• 다나킬 대평원: 에티오피아 북동쪽 에리트레아 국경과 인접한 건조
한 사막 지대. 지구에서 가장 뜨거운 곳으로 알려졌다. 천연 소금밭
에서 암염을 캐어 파는 아파르 부족이 산다.

장황설

저기 보금자리주택 예정지 나무들 봐 앞날은 어떻게 될까, 보나 마나 잘생긴 것은 조경용으로 못생긴 것은 유기목으로, 그 뒤 행려병자나 노숙자로 전락 객사하거나 무연고 사 후 고기를 굽든 고구마를 굽든 화장 처리지

이러다 너 그 친구처럼 가는 거 아냐? 작작 마시라니까, 신원 미상의 시신 발견 추락사 추정 뉴스로 도배할라, 이유 몇 개 만들어 레파토리 돌려, 노 노 난 아직 마셔줘야 할 계급이네 내가 진심으로 믿어야 할 신은 굽신굽신 굽신을 위하여! 마시는 순간만이 영원해 영원한 주님을 위하여!

영혼을 위탁하러 교회에 자주 출현한다고나 할까, 드뎌 샤머니즘에서 턴했냐? 흐 교회 속 북 카페 말야 값싸고 넓고 쿠폰 적립 빵빵해, 자선함에 넣으세요 커피값은 불우한 이웃에게 갑니다, 불우한 이웃? 은 나요 나는 집도 절도 없소 확실한 건 카드 빚 대출금 등록금 학원비 요양비 월세 교양비 주님비…… 가볍고 절박함이 없기는 나나 너나 같네, 돈은 불우한 내게로 이랬더니 목사 싸모 얼굴이 묘해

암자에서 나올 때 뭉그적뭉그적 숙식비 봉투 내밀었더니

목소리를 착 깐 스님 왈, 보살님 불전함에 넣으십시오, 돈은 부처님을 거친다는 거지 나도 모르게 나무관세음보살 경건한 마음이 막 솟구치더라, 예전 초파일 땐 돈을 쓸어 가마니 수십 개에 담았다고 자랑한 스님이 있던데, 신도가 시주한 암자 팔아 백 나라 넘게 여행하는 스님이 그러는데 차에 미쳐 맨날맨날 수천만 원짜리 차 사고팔고 하는 중도 있대, 부처는 술에 돈에 차에 여행에 똥막대기에도

음식점 로비에서 불우한 내가 볼록한 배 문지르며 문을 나서는데 갑자기 이마 주위가 확 땡기는 거야 뭐지 누구지? 두리번거리다 딱 마주쳤어 마당에 선 기가 막히게 잘생긴 나무랑, 니 집 그 감나무? 그래 꼭 그 나무야 나를 보더라구 그러더니 내게 꾸뻑 절을 해! 아이고 너 굽신굽신하더니 드디어 접신이구나 접신

소식 아직 못 들었구나 요양 기관에 맡겼어 거긴 전국의 각종 고목들 박물관이야 탈취제도 안 뿌리고 다른 곳보다 해도 잘 들고 알아보려고? 굽은다리역 뒤쪽으로 70미터만 가봐 거기서 더 완벽한 건조 과정을 거쳐야 끝나 위탁목의 운명이 그렇지 뭐

성묘

볕 없는 무덤가에 앉는다
해가 여섯 번 바뀌는 동안
자리 잡은 수수꽃다리의 그늘이 짙다
조화의 먼지를 털어 화병에 꽂고
왼쪽이 무너진 무덤의 귀퉁이 각을
얼굴 쪽으로 튼 다음 목을 푼다
오늘 부를 노래 이름은 〈대전 부르스〉
소리치며어 우우울 주울이야 아 아
벌초한 머리 아래로 느릿느릿
희미한 눈썹 문신이 굼틀할 때
아, 아, 아, 입 크기에 맞추어
부활하는 입구에다 진밥을 채운다
고랑 따라 국물이 넘쳐흘러도
쪼아 온 낙지를 명줄처럼 오물거리는
무덤의 이불을 여미고 나오면
더욱 미혹하거나 간단해진 천지간
꽃향내 속으로 귀거래하여
온전히 증발하고 싶은 날

제2부

명강의

넘치지 않는 말과 뜻을 찾고
마음에 맞는 문장 좇아가라 말한
문장가 문장법을 인용하며 폼 잡는데
강의실 밖 막 엔딩을 시작하는 벚꽃들
말과 뜻 사이에 허허롭게 날아들었다
새들도 떼 지어 문장 속으로 몰렸다

꽃과 조류에게 밀리는 내 썰들
잠시 숨 고르며 마이크 볼륨 만질 때
재빨리 강의를 인수한 강사들이
쾌속으로 투척해 대는 경쾌한 말들
꽃 같은 문장들이 점점점
리드미컬하게 쏟아지는 강의실 안

명문장을 받아 적지 못한 이들은
교재 뒤적거리며 출처를 찾았고
알아들은 몇몇은 전후좌우상하
전폭적으로 고개 끄덕여 화답하며
가배얍게 봄꿈 속으로 낙하하였다

심다

땅 한 평 없는 내게
우리 집 종자 마늘이 도착했다
마늘통 위 얼비치는 새 촉이
비늘줄기를 밀어 도톨도톨하였다
의식을 잃어버리기 전
아홉 쪽으로 잘 벌어진 마늘로
종 하나를 친정해 온 엄마는
푸른 제국의 진정한 통치자였다
허나 공중으로 배달된 종근은
형질 하나의 끝장난 역사다
모계에 기대어 계보를 완성한
우리 집만의 마늘종도 잎 기울기도
유일한 비늘줄기 생김새도 절멸이다
어느 마늘로도 절대 대체할 수 없는
제국은 왜 내게 와 멸망하는가
식물의 유구한 역사를 쪼개 내고
껍질 벗기는 데 골몰하였을 때
밭고랑에 넘쳤던 수많은 노래들이
골방으로 몰려와 온몸이 달싹거렸다
대대손손 유전하던 식물의 혼들이

자판 두둑을 점령하기 시작했다
해마다 엄마들에게 뿌리 내린 초록 군단은
신화시대의 기나긴 이야기를 물들이고
산밭 쑥대밭 돌아 나와 칸칸이 나뉜
공중 이랑에 이러구러 종착하였다

하늘 벼랑 암각화

부어놓은 모이 쪼아 먹고
홍매화처럼 피어 야단법석인 새여
신명이 난 저들은 지금
먼 옛날 어떤 사람들이
알타미라동굴에서 고부스탄에서 반구대에서
뗀석기 간석기 들고 그랬던 것처럼
반드러운 돌멩이를 부리에 물고
하늘 벼랑에 공중 동굴에 탕탕,
동굴사자의 무성한 갈기 같은 것을
하릅 들소의 거친 숨 같은 것을
펄떡이는 사슴의 심장 같은 것을
혹등고래의 푸른 전율 같은 것을
걸어주는 거다 돋을새김하는 거다
다음 날도 그다음 날에도 들숨처럼
모이들이 순하게 몰려와
부른 배 통통, 두드리며 누울 수 있기를
포슬포슬한 자리에서 잠들 수 있기를
부신 햇살 받으며 일어나
싱그러운 노래 보드라운 노래
오래오래 라이브로

공중 벼랑에 새길 수 있기를
하늘 동굴에 돌려줄 수 있기를

핸드 프린팅

부여 땅 발해 땅 너머
북방 어느 식당에서 점심 기다리다
나처럼 관골이 솟은 남자들을 보았다
흙먼지가 풀풀 날리는 음식점 밖
귓등에 담배 꽂고 흙담 앞에 모여
남쪽을 기다리던 그들은
북에서 북진 벌목 정정
자작나무 숲속을 떠도는 벌목꾼들

말 섞지 않아도 모습만 보아도
남쪽 같았다고 북쪽인 줄 알았다고
고향 잃고 나라도 잃고 배낭 꾸려
제삼 지대로 숨어든 디아스포라처럼
목소리 죽여 고향도 여정도 묻고
언젠가는 만나자 카메라 앞에 서는데
맞대면 얼굴 사진은 문제 된다 하는
셔터까지 그어놓은 촘촘한 국경선
눈앞에서 넘지 못하고 다시 막힐 때
깃을 치듯 훨훨 월경하는 손 하나

>
툽툽한 그 손 따라 금단을 넘는
얼굴 없는 손들 서로 이어 포개고
맥시멈으로 클로즈업할 때
신표처럼 가슴 깊이 핸드 프린팅된
적동색 손들이 대열을 이루어
아무르강 너머로 날아가고 있었다

별 꿈

언제나 꿈의 상징이던 별들
노년까지 환하게 빛을 뿜다
장렬히 사라지는 별들을 본다
스타가 꿈이었던 사람들도 떠오른다
이미 스타였던 가수도
예전에 떠난 별빛 같던 연인도
늘 별이 되고 싶다 말했다

연소할 때 나오는 원소도
사람의 연소 물질과 비슷하다는 별들은
찬란하게 반짝이는 존재임을 알까
항상 빛났다는 것 모르고
먹먹한 눈으로 지구 별 하늘 쳐다보며
반짝이는 꿈 펼치는 건 아닐까
무연한 별나라 속 어둠별도 칠성별도
머나먼 천상의 마을 속
사람이 되는 꿈을 꾸는 것 아닐까

어쩌면 사람이 되고 싶은 별들이
빛나고 싶은 사람들이

대련을 이루어 팽팽해진 밤
서로의 천상에서 별이 되어
가슴에 찬란한 호선으로 박힌다

물수제비뜨다

진자줏빛 스카프를 머리에 쓴 이에게
기념관으로 가는 길을 묻는다
손짓하며 굳이 같이 가겠다고 하는
아랍 여인 뒤를 탈래탈래 따라간다

불볕 아래 흑요석처럼 빛나는 그녀는
바벨탑같이 선 돌기둥 가리키며
알아들을 수 없는 아랍어로 이야기하고
윗니 여럿 드러내며 나도 내 나라말로
만경강 너머 옛 절의 당간지주를 말해 준다

징검돌처럼 놓이는 말들 밟으며
풀꽃 뒤덮인 사원 터 돌아보고
흔적만 남은 제국의 붉은 담 지나가고
쐐기문자 새겨놓은 선돌도 돌아가고
새털구름 뜬 맑은 물도 굽어보고

옛날 할머니랑 꽃그늘에 앉아
담방담방 꺼내 놓던 이야기들처럼
가는 내내 번역기도 필요 없이

긴 속눈썹 깜박이는 그녀는 제 나라말로
나는 내 나라말로 물수제비뜨며
튤립 꽃 만발한 기념관 문에 다다른다

문자 독

아무도 읽지 않을 것이어서
최고 독자는 자기라는 긴 글을 쓰고
고향 집에 내려가 까마득한 잠에 빠졌다
헛바닥 같은 것이 온몸을 훑을 때
머리에서 눈에서 입에서 가슴에서
빠져나가는 깔깔한 무엇들

길눈 쌓인 지리산 어느 골짜기
죽은 빨치산의 식어버린 몸을
수만 마리 이가 탈출하여
눈밭에서 여울을 이루었다는
어떤 소설의 과한 묘사 장면처럼
내게서 떨어져 나간 것들도
검은 물줄기 너울거리며 흘러갔다

너른 풀밭에 누운 내 몸은
부들부들하다 꼿꼿해지고 다시
소나기눈 내리고 꽃 피고 지고
나는 탱자꽃 향 쌓이는 마당 예제에
마구 낙서하며 돌아다니는 작은 아이였다

>
깊은 산속 캄캄한 어둠 속에서는
글자나 신호보다 서로의 냄새가
가장 강력한 암호였다고 쓴 혁명가와
아무것도 알려 주지 않는 빌어먹을 책들이
무슨 쓸모 있냐는 현인의 글이 떠올라
어디 또 각주 처리 할까 궁리하는 나를
어린 내가 해독해 주나 실눈 뜨는데

곰팡내 퍼지는 문학 전집 배경으로
온몸을 쓸어대는 손바닥이 보였다
구겨진 종이 매만져 공책을 만들어주던
옛날의 그 손은 바닥에 나를 펼치고
지우고 문질러 아무것도 쓰이지 않은
희디흰 백면지 한 장을 만들고 있었다

너는

모른다 너는
내 관골에서 출렁거리는 카라쿨 호수를
손가락 따라 벋어나간 파미르고원 버덩을
외투 속 자라나는 시베리아 침엽수들을
치맛자락으로 만개한 몽골 초원 꽃들을
부츠 아래 이어지는 안데스산맥 준봉을

너는 나를 사흘 굶주리다
모래 굴 밖으로 나온 사막여우라 부른다
죽어가는 어미 두고 필사적으로
은어 떼를 쫓는 수달이라 부른다
먹이 물고 먼 둥지로 날아가는
노랑때까치라고 부른다

너는 내 심장에 대고
황금으로 치장한 방을 속삭이지만
만발한 진홍의 화원을 꽂아주지만
보라 나는 홀로 칼바람 맞으며
극지를 향해 가는 북극곰이다
알타이산 지축 흔드는 야생 낙타이다

54

스텝 초원 깨우며 날아가는 검독수리다

네가 보는 부드러운 이 웃음은
날카로운 부리다 더펄거리는 갈기다
뻣센 깃이다 발굽이다 바늘잎이다

황홀한 네 뜰 꿈꾸지 않았으니
불잉걸 네 마음을 들이지 않았으니
다듬지 않을 테다 길들지 않을 테다
견디지 않을 테다 눕지 않을 테다
지지 않을 테다 썩지 않을 테다

유월

봉두난발한 잔디들이 뜰에서
강제 삭발식을 당하고 있다
무조건 싹 쓸어버리는 예초기에
속수무책으로 잘려나가는 풀들
길들이려거든 내 모가지를 잘라라
맨몸으로 항거하는 유생들처럼
사방으로 흩어지는 터럭을 덮고
꼿꼿이 허리 펴고 결사하는 항거
온몸의 독 치올리며 단발령을 맞는다
터져 나온 피가 사방으로 튀어 오른다
던지고 부서지고 치솟고 타오르는 뜰
삽시간에 처단당한 비운의 풀 위
새들이 모여들어 비가를 불러준다
덩굴장미도 연대하여 등불을 켠다

흉흉하여 살 만한 때가 되었다

블랙홀

새로 태어날 거야 너 없이는 아무, 혼절하듯 잠든 낯익은 모습을 보았다 소주병으로 느낌표를 찍었고 최후통첩은 미완이었다 모든 상황은 단 두 문장 안에 있었다

신천지 찾아 떠나간 아들은 대초원이나 찬란한 행성 같은 거대한 치마폭에 불시착하였다 어느 슬하에서 매번 기억을 털리고 장렬하게 온몸을 깎으며 똑같은 문체의 혈서를 써대기 시작했다

죽지 않고 잘만 살아남아 이분법의 문장을 구사하는 아들들 달달한 협박을 혀끝으로 음미하며 치마폭 너비에 골몰하는 딸들 이 동어반복 패턴은 언제나 떠돌이별에서 유효하여 역사는 이어졌다

여자들은 제국보다도 광대하게, 서서히 자랄 것이다* 하여 남자들은 식상한 문장을 협도처럼 꽂고 핑크빛 전등을 무릎에 켠 이들을 찾아가 겁나게 자라난 제국의 시종으로 감읍, 제 배알 끄집어낸 자리에 서서 백만 번이라도 친가를 부정할 것이다

* 앤드루 마블, 「수줍은 연인에게」.

어둠별

바닥이 되어야
만날 수 있는 것들을 생각한다
한때는 누구나 바닥이어서
닿고도 알지 못했을 일
만나고도 몰랐을 일
다 버리면 될 수 있나
되면 부서지는데
부서져야 닿을 수 있는데

바닥에서 반짝이는 그대
밤이 지나면 사라지는데
멀고 어두워 아름다운 바닥이여
다다르지 않을 것이어서
내려가지 않을 것이어서

입말

연 항아리 덮은 물이끼 보며
나도 모르게 튀어나온 말은 '잉끄'

말라버린 연못 흙 속에
수백 년 넘게 잠들었다가
발견되어 싹이 튼 연밥처럼
몸 어느 바닥에 엎드려 있었을까
오래된 말들이 굴러 나온다

가마는 가매꼭지 뒤통수는 뒤꼭지 턱은 턱아지 엉덩이는
넙턱지 왼손은 외약손 솜털은 부등털 뒷덜미 데시기 주근깨
주경씨 복사뼈 복성씨

라임도 자수도 착착 맞는 모어들

온몸 이랑에 숨어
간질간질한 씨앗들 모아
교양 있는 글말 두둑에 뿌린다

미수 88세 넘기시고
봄물이 올랐다

백전불패

뚝뚝한 한마디마저 남기지 않고
평소 성질부리듯 가버린 이 무덤에
술과 담배만 고봉으로 올리고 온 날
떠난 사실 아직 모르는 사람이
병상에서 꿈꾸듯 하는 말을 듣는다
아이이, 그래도 그때가 좋았어야아
늑 아부지 날마다 술 양씬 먹고
노래 불르고 댕기던 그때야아

그때 구슬나무 지나 담벼락 휘감는
가아 라아앙 이이입 피이는 점점 여리게
전서언에에 다아알바암은 크레셴도로
팽나무 돌아 아아아아아아 스타카토로
산탄처럼 사방으로 꽂히던 소리들

어떤 노래는 혁명도 이끄는데
소취에 만취에 광취를 만방에
널리 경계경보 발령하던 그때
발사한 노랫소리의 고저와 완급은
그날 공습 수위와 같았다

어둑새벽까지 대피하다 끝난 그때는
어느 회로에서 리셋이 되어
화려하게 다시 진지를 구축하는가
막다른 전선에 몰리어
이마 상흔까지 붉어지는 사람의
대적할 수 없는, 망할 놈의 그때

마법의 말

미나리 팔아 사준 첫 운동화 찾아
신발장으로 화단으로 변소로 내닫다
돌아와 우는 나를 도닥이던 할머니는
쌔빈 사람은 늘 헌 신만 신지만
잃은 사람은 또 새 신 신는단다 했다

신상품 신발을 잃어버리고 온 아이가
짝짝이 실내화를 신고 울먹거린다
내 발 어디에 숨었던 그 말을 찾아
그대로 아이 발 위에 놓아준다

채송화처럼 입을 내밀고 아이가
원추리 핀 꽃밭 너머로 내닫는다
오랜만에 볕에 퍼더버리고 앉아
낡은 발 위 가분가분 떠다니는
예쁜 신들을 헤아려본다

그리운 잠

대공원 꽃구경하고 온 날, 엄마엄마 이리 좋은 옛날엔
뭐 했어

말도 마라 복사꽃 배꽃 살구꽃 천지여도 꽃 볼 참 있었데
야 깔크막 산밭에는 서숙인지 보리인지 무릇조차 독째기조
차 나숭개 쪼배이 곰밥물레조차 미영 솜 타면 부끈부끈 부
등털철로 일어 흐커게 날아댕기던 머슴둘레조차 매고 매다
집이라고 돌아오면 캄, 카암헌 정지서 소죽 쏠라 찬 맨들라
밥 차릴라 빨래 헐라 하나씨 한 상 할매 한 상, 꽃 피능가 지
능가 꽃 볼 참 있었데야
끝없는 밭풀들 왼손으로 꼽으며 손사래 치며 고개 저으며
엄마의 봄날은 이 뒤로도 한참, 여름날로 넘어갔다
콩밭 깨밭에는 보래기조차 애지심조차 오사당창 독하던
자마리밥 꼬치지심 먼지 구덩서 쪼그리고 땀으로 매깜으면
속도 허심허심 외욕질만 나오더라 날 굳어 썩은새 지시랑물
에나 놀제, 꿈에서도 지심 깨서도 지심 할매철로 반들반들,
깨깟이 하고 돌아서도 조막떼기밭에는 또 자마리밥 깜밥지
심, 늦하내바람 불 때까지 애지심 눌은밥지심

긴긴 여름날도 또 이렇게 저물었나 평생 맨 풀들 태산보

다 높다 하는 엄마의 입은 소를 닮았다 알 수 없는 풀들 되
새김질하던 엄마가 문득 늙어가는 내 얼굴을 쓸었다 껄껄한
손바닥이 핥아줄 때마다 무장 어려진 나는 태산 아래 천방
지방 뛰놀다가 까무룩 잠든 시앙치가 되었다

깔크막: 비탈.

서숙: 조(곡식).

무릇: 백합과의 여러해살이풀.

독쌔기: 둑새풀.

나승개: 냉이.

쪼배이: 조뱅이.

곰밥물레: 별꽃.

미영: 무명.

부끈부끈: 부근부근(무르고 부드러운).

부등털철로: 솜털처럼.

흐거게: 하얗게.

머슴둘레: 민들레.

정지: 부엌.

하나씨: 할아버지.

보래기: 여름풀.

애지심: 여름풀.

오사당창: 비명횡사(오사)와 피부 질병(당창)을 가리킴, 욕의 일종.

자마리밥: 잠자리풀.

꼬치지심: 여름풀.

매깜으면: 미역(목욕)을 하면.

허심허심: 속이 빈 듯한 느낌.

외욕질: 욕지기질.

썩은새: 오래되어 썩은 이엉.

지시랑물: 썩은 초가집 처마에서 떨어지는 검붉은 낙숫물.

깨깟이: 깨끗이.

깜밥지심: 여름풀.

늦하내바람: 늦하늬바람.

시앙치: 송아지.

제3부

어떤 고지

마음대로 출렁거려도
법도에 넘치지 않는다는 종심
일흔이란 나이에 이르게 되었다는
아름다운 경지에 마음 부려놓고
불혹하지 못하는 몸을
다독거린 때가 많았다

불혹 지나고 지천한 지경에서
거룻배처럼 일렁거리는데
이순도 종심도 다 보내고
여든 하나 생일을 맞은 사람이
이제 남의나이 한 살이다 했다

감감 나비잠 자는 나이 한 살
공자님은 절대로
도달할 수 없는 고지이다
내가 있어도
남이 나를 살아주는
절대경, 남의나이

과일나무

제 먹을 것 갖고 태어난다는
예전 우리네 믿음처럼
제 태반에서 자라는 과일나무가 있다는
몽골의 민간 신화를 읽는 밤
다른 사람의 과일 훔치지 않아도
제 것 먹으며 살아갈 수 있다는데
오늘 낮 나는 남의 탱탱한 열매는
어느 때 빛나는가 어떻게 가져오나
밑동 치고 나뭇가지 훑으며
보추 없는 법들을 천진한 귓가에
무제한 등급으로 던졌을 것이다

내 숨으로 자라는 나무 보지 못하고
배꼽으로 이어진 나무에서 굵어지는
찬찬한 숨소리 하나 참지 못하고
후려 갈무리하는 법만 던지고 와
저린 입을 슥 문지르는 한밤
근본 없는 과일들 덜컥 받았던 날처럼
나는 또 어느 깊은 산중에 들어
그득 쌓인 내 과일 어디에 숨기나

책에 밑줄 그으며 묘법 헤아리는 날

나무도 없고 배꼽도 없는 과일들이
초고속 출하되어 지천으로 뒹구는 땅
빛나는 절도와 숭고한 절취를
경전처럼 받들고 황금빛으로 충전한
꼭지 없는 법 풍요롭게 중얼거리다
돌아와 또 저린 입 문지르며
별 없는 한밤 오래 경중거릴 것이다

반대를 위하여

1

산타클라라의 체 게바라 기념관에서
그의 누런 성적표와 낡은 파이프
주사기와 찌그러진 양재기를 보다가
문득 떠오르는 생각이 있었다
혁명은 절대 이루어지지 않아야 한다
체의 숭엄한 과업은 이것이 아니었을까
빛나는 자리 박차고 양재기 덜그럭거리며
고원에서 정글까지 거침없던 혁명가는
이제 쿠바의 스몰 머니 3페소 속에도
노래에도 셔츠에도 종이컵에도 출몰한다
혁명은 전 세계적 기념상품이 되었다

2

기세등등했던 남자가 쓰러진 것은
그녀가 한꺼번에 늙어버린 것은
맞설 반대편이 없어져서다
높은 가문은 어떤가 독야청청은 어떠한가
그 사람이 세상을 버린 까닭도
상대가 쓰러졌다는 소식을 들어서다

싸울 반대편이 사라진 파이터는
똑같은 나와 마주 앉아 밥 먹고
창문 밖 내다보며 할 말을 잊었다
손발을 잃고 끝내는 살맛을 잃었다

끓어올라 주먹 날리게 하는 반대들
벌떡 일으키고 달려가게 하는 반대들
악쓰고 물어뜯고 벌벌 떨게 하는,
뒹굴다 기어서라도 가게 하는 반대들
혁명 전사의 오른팔은 반대편이었다
반대편은 진짜 내 편이었다

하는데

인디언 부족의 보호구역처럼
살아남은 동산이 새들을 부르는 저녁
전망을 선점한 집들을 돌아 퇴근한다
커다란 창에 달과 별을 걸고 싶었다

너는 죽어 푸릇푸릇 봄배추 되거라
나는 죽어서 아이가이가 밤이슬 될거나*

현대산업개발 건물주는 뽕나무였다
대명비발디센터 소유주는 풀꽃이었다
타워크레인이 심어진 날
은백양 자리에 가로등이 자라났다
지금은 옥수수를 심는 달
눈물의 길을 넘은 체로키족은
붉은 땅에 별을 심고 노래를 부르리라

어여 밭가에 섬섬 섬섬 뽕나무 심어라
아버지 어머니 명주에 옷감이 분명타**

누대로 전망을 독점당한 땅에

파름파름 봄배추도 뽕나무도 심어두고
쪽창에 든 달 보듬고 돌아가
돈다발이나 풀어볼까 하는데
공단 비단옷이나 안길까 하는데

너는 죽어 만첩청산의 고드름 되고
나는 주 죽어서 아이가이가 봄바람 되고***

*, **, *** 「함양 양잠가」.

너머 2

너머엔 무엇이 기다리나
빛인가 어둠인가 그저 없음인가
다만 강 너머로 이동하는 것인가
의식 없는 육친의 팔다리를 쓸며
알 수 없는 후제들을 헤아린다

북방 나라에 가고 싶었던 이 사람
눈 시린 차강노르* 호숫가 돌며
남기지 못한 말 물수제비로 띄우나
캄차카 침엽수들 메숲진 고원에서
꼭 만날 이 있다고 목 놓아 우나
빗장뼈를 넘어가지 못하는 숨소리가
눈발 깊은 무덤 같은 병실 벽에
쾌속으로 부딪쳐 방울지는데

아득한 적막의 건너편
길 잃은 어린 양을 요단강 너머로
맹렬하게 넘기는 신도들 너머
순례야아 손 좀 풀어줘
순단아아 집에 좀 데려다 줘

찬송가와 화음을 이루는 비명들이
눈물과 연대하는 늦은 회한들이
갈 곳 모르고 몰려 있는
여기는
어떤 후제의 너머였나

* 차강노르: 몽골 호수.

독수리를 찾아가다

종교 팔아 돈을 긁는 새끼들을
의붓딸 친딸을 손대는 개새끼들을
사기꾼 설치류와 꿩과의 닭대가리를
술잔에 넣어 마시고 돌아와
가뿐해진 머리로 원효 글을 읽는다
첫 장도 넘어가기 전
분탕질한 짐승들이 돌아다니며
가슴속 속기와 색정을 파헤쳐 놓는다

분노 대상으로 바뀐 나
만장하게 치밀던 정의로운 화는
부자도 서민도 군자도 범부도 아닌
짐승만도 못한 새끼가 되어 얼쩡거리다
조화와 한통속으로 엮이어 죽는다

어설픈 화이부동의 이 반응은
반성의 검열 방식에 길들여진 까닭이다
화합과 포용을 너무 열심히 학습한 결과다
원초적 분노는 어디로 휘발되었나
맹렬한 화기는 어떻게 희석되었나

〉
밤마다 험준한 산정으로 올라가
너럭바위 끝 절벽에 간을 동여맨다
독수리야 너는 끊임없이 쪼아 먹고 살쪄야지
나는 다시 편파적이어야지 극단적이어야지*
맹독 한 방울씩 증류하며 뾰쪽해져야지

* 윤동주, 「간」 변용.

노릇 노릇들

직업 노릇이 없어진 다음
뒤집고 털어 정리한 노릇들 속에서
고개 드는 늦은 노릇과 노릇들
그때 했어야 한 노릇들이
사람다워야 한 노릇들이
사람인 적 없었던 것처럼
한꺼번에 떼로 몰려와 심각해진다

어루만지고 같이 울어줄 수 없는데
달려가 어찌해 볼 수도 없는데
보내고 자애가 밀려드는 것처럼
끝내고 제 발로 효가 찾아온 것처럼
사진 뒤적거리며 울울해지는 일들
돌아보며 가슴 뜨거워지는 모순들

공중을 버리고 땅에 열리는 열매를
공중을 걸으며 생각해 보는 땅들
효용이 없어진 노릇 붙잡는 노릇들
오늘 아니면 늦 는 다 늦어버린다
알람 소리처럼 분 단위로 울렸는데

늦어버리고도 또

지금 노릇 까맣게 놓아두고

묵은 일들 꺼내 드는 모순들

까치 식솔

까치가 남긴 홍시에 눈 붙박은 채
부동인 사람이 있는 곳에
원적을 두었던 몇은 가정을 버렸고
병력을 이어받은 이는 핏줄을 버렸다
녹슬고 해진 것만 남은 적소
유일하게 새것인 티브이 위
면사포 쓴 일렬횡대 사진 대열에선
여전히 선봉인 막강한 일인자 그는
애초부터 한 자세밖에 모른다는 듯
면벽 후 철벽이 되었다
갈 곳도 없는데 육십 년째
보따리를 싸는 여자가 문득 일어선다
이 병의 끝은 다 그렇다더라고
등의 호선이 배에 닿도록 굴신하며
철벽에 대고 귀청 터지게 외치지만
거죽에서 무슨 일이 일어나는지
없는 그와 있는 그
둘 사이를 번갈아 가며 가위로
벌초하듯 난발을 무지르던 그녀가
오늘은 그나마 아침부터

까치가 설레발쳐

그의 통잠을 깨워 준 날이란다

나무가 있는 풍경

고향 집 아랫목에 홀로 방치된
나무 한 그루를 급히 수령해 왔다
뜯긴 잔뿌리를 뒤덮은 낡은 양말과
주머니 속 약봉지 세 개가 행색의 전부
수피가 벗겨져 진액이 흐른 채
이송당한 나무는 장기 이식에 들었다

오줌길이 괄약근이 투정 심한 입이
화농균에 감염된 귀와 복사뼈 괴사가
푸르게 직립했던 기억과 현존하는 나무
세차게 뻗지른 가지에 높바람 일어도
인간은 인간답게 원대한 구실에 종사하고
나무는 나무답게 나무 임무를 다할 테니
외침이 잔울음으로 마감될 때까지
눈 마주치지 말 것 말 섞지 말 것

거실 킹사이즈 전기장판 위 나무는 종일
상한 뿌리 만져 여러 곳에 나눠 식목하다
서털구털 너무 고스러졌다고 다시 뽑다가
차표 한 장 손에 들고 열차에 몸 실을 때

물관부를 체크하고 트로트 가요를 검색한다

무한반복 노래에 상하부가 판판해지면
열 맞추고 누워 마른 줄기 분지르며
방장산 연하봉 가풀막에서 죽어서도 살아
눈 시리게 일어선 고사목의 꿈 헤아리는데
무엇에 쫓기는지 번쩍, 눈을 뜨는 나무
마당가에서 멀어지는 내 동선 굽어보던
큰 눈에 탁, 외통으로 갇혀버리고 만다

영화 감상

여든이 훌쩍 넘은 할머니가
치매와 파킨슨병을 열연하였다
극사실화처럼 통증을 실사하는 영상은
어디까지가 사람인지를 물었다
러닝타임 내내 숨겨 둔 감정을 건드렸다
치명적인 물건으로 변해 가는 몸은
눈물을 넘고 아름다운 파국을 맞았다

덜렁거리는 다리를 휠체어에 묶고
왼쪽으로 숙는 머리는 어깨로 받친다
복도를 순례하고 돌아온 뒤
세상의 모든 신을 소환하는 시간
절개한 목에 튜브 넣어 가래 뽑을 때
손바닥만 하게 팬 환부 소독할 때
온몸을 떨며 까무러지는 노친의 실연과
동갑내기 노배우의 열연이 오버랩된다

비틀리고 으깨진 몸의 비명들이
아무 반향도 없이 반사되는 병실
문득 재활 기구에 육친을 묶은 이들이

절벽 수도원 같은 복도 회랑을 나선다
바싹 마른 눈동자를 하고 다리를 끌며
슬로모션으로 깜박, 벼랑으로 사라진다
흰 벽에 하나씩 롱테이크 영상을 남기고

이름 가죽

문제비 이막동 정점분 고덕년 최고덕
박순노미 안복열 황옥금 송판순 최풍자
천갑여 윤석달 오담순 강분임 노고만······

화이트보드 칸을 나온 가죽들이
천 길 벼랑 난간에서 몸을 말리었다
고원에서 막 이동한 신입 가죽은
승강기 버튼을 누르다 포획되었다
반마비 가죽을 위탁한 가족이
자발적으로 하늘을 우러러 안수기도 하고
푸른풀밭교회 가죽을 사물함 위에 꽂았다
가족만 찾는 가죽이 이불에 말려 나가고
모임방에 모인 가죽들은 크레파스를 들고
선 밖으로 나간 꽃과 나비를 끌어당겼다
미소처럼 주름을 부풀린 가죽이
잊어버린 가죽 석 자를 그리고 있었다
귀가 다리로 바뀐 가죽들에게
토란잎처럼 목포의 눈물이 그늘졌다
코로 밥을 마시고 깜박거리는
가죽의 거죽에 검은 풀꽃이 흔들렸다

살을 탕진하고 누운 오래된 가죽이
풀꽃 옆에서 직립보행 하는 가죽의
다리를 타고 오르는 목숨을 꼬나보았다

장수요양원

잡풀 우거지고 인적마저 뜸한
두메산골에 누가 다녀갔나 보다
움직이지 않는 손 위에 손 포개고
어운도 맞지 않게 나온 말은
하늘에 계신 우리 아버지

그간 이 사람의 하느님은
장독간 물그릇 속에 들어있었고
떡시루 속 촛불에도 강림하였다
고수레, 한 자밤 뗀 데에도
쓱쓱 배를 쓸던 손에도 함께했다
육탈하고도 아직 빌 것이 남아
이쪽을 바라보는 낯선 사람

빠르게 개종된 영혼의 주술이 흘러
꽝꽝 묵은 창문을 휘감고는
장마전선처럼 허리에 걸쳤다가
북상하여 종일 등마루까지 척척하다

보앗는다

350528 - 1653010

9934168

메모리얼파크 봉안당 달7실 842

구 분	상세내용
폐 쇄	[폐쇄일] 201X년 02월 25일 [폐쇄사유] 사망

구분	성명	출생연월일	주민등록번호	성별	본
본인	강종원(姜宗遠) 사망	1935년 05월 28일	350528-1653010	남	晋州

일반등록사항

구 분	상세내용
사 망	[사망일시] 201X년 02월 12일 13시 05분 [사망장소] 서울특별시 강동구 천호대로 1166 [신고인] 동거친족 강유환 [신고관서]

위 역람歷覽ㅅ 경景 긔 엇더ᄒ니잇고

돌

큰비 내려 물이 넘치고 세간들이 뜨면
바로 떠나야 한다 산꼭대기로 가야 한다
절대 돌아보지 말고 올라가야 한다[*]
허나 집을 두고는 엄마를 두고는
가지 못하겠다 가지 못하였다 나는
혀가 갈라지고 심장이 바스러질 때까지
한자리에 멈추어 서서 하염없이
쓸리는 것들 떠가는 것들을 바라보았다
올라가지 않고 넘지 않고 돌이 되었다
너머 앞에서 부서져 모래가 되고
들꽃이 되고 다복솔이 되고 집이 되었다
다시 큰비 내리고 천지개벽이다
올라가라 다 버리고 그대로 가야 한다
허나 저기 딸이 있고 아들이 있고
또 돌아다보고 멈추었다 돌이 되었다
발끝에 채는 무수한 돌멩이로 부서져
꽉 쥔 돌팔매가 되었다 투석이 되어
광장으로 날았다 서로를 치고 다시
돌아보고 돌아와 아, 넘어가지 못하고
공중에 박힌 짱돌이 되고 또 돌아와

큰비 내려 물이 넘치면 떠나야 한다
얼른 가야 한다 그러나 다시 돌아다보고

• 장자못 설화.

수경 재배

벚나무와 미루나무가 원주민인 마을에
어느 종에도 속하지 못한 부족이 얹혀산다
거주지에 우선하지 못하는 비닐하우스족이
물길로 뻗은 몸의 물기를 털 때
간밤 숲으로만 재개발되는 꿈을 꾸었는지
자귀나무가 꽃을 피워 새 얼굴을 알린다
습자지처럼 덮인 아침노을이 밀리고
약봉지 털듯 배롱나무 꽃 떨어지는 날은
다른 종 눈에 안 띄는 법부터 배운 이들이
상승 기류에 몸을 얹고 국외지로 나간다
처진 푸성귀 다듬어 잡어로 바꾼 저녁
처자식 버리고 남하해 물길에다 또
처자식을 꾸린 노인이 이곳의 눈물이
물길 건너 평안이라 했다 숙면이라 했다
아무도 풍랑과 역항을 말하지 않았다
도시 끝, 물이 발목까지 점령한 곳에
집중호우를 예보하는 속보가 떴다

신체발부는

---

* 코 성형술

초회(실리콘+귀 연골 사용) 220 재수술 350 휜 코 교정 350
코 끝 80 코 날개 200 바비팁 130 미니 양악(바비코+턱 끝)
440 양악 800

* 눈 성형술

절개법 110 매몰법 88 재수술 250 눈 밑 지방 제거 80
앞트임 50 상안검 처짐 100 하안검 처짐 120

* 묶음 윤곽

광대+턱 500 T-Zone (이마+바비코+턱 끝) 580

* 보톡스 시술

국산(태평양제약)/미국산(알러간) 사각턱 40/50 눈가 20/25
미간 30/35 이마 20/25 종아리 200/250

* 필러 시술

콜라겐 성분 에볼런스 1앰플당 90 (2-3년 유지)
칼슘 성분 레디어스 1앰플당 90 (2-3년 유지)
하이알루론산 성분 1앰플당 60 (6개월-1년 유지)

* 실리콘 시술

무턱 200 이마 200 팔자 귀족 200

* 지방 주입술 3개월 간격 3회 200

* 지방 흡입술(부가세 포함)

복부 440 옆구리 220 상완부 330 허벅지 440
초음파 안면부 융해술 100

* 가슴 성형술

코히시브겔 사용 확대 600(입원 2박 이내 포함) 함몰 유두 150
유륜 축소 200 처진 유방 교정 400 (2회 수술)

* 보조개

매몰법(작은 보조개) 개당 25 양쪽 40 펀치법(큰 보조개) 개당
35 양쪽 60

* 레이저 시술 가격 …… Tel. 02-408-8700

어두운 대기실엔 캘리그래피 글자들이 떠다녔지 나는 삼
각대 위 경전처럼 스포트라이트 받는 글자들을 일별했어
한 모녀가 부위별 견적을 뽑더라구 총체적 난국이다 어떻
게든 돌파하자 그네는 비장하고 순전했어 혁명 전야의 동
지처럼 팔을 엮고 전나무 트리 너머로 들어갔지 돌아와 달
뜬 볼 감싸고 설원으로 퇴장했어 담비와 실버 폭스 소품을
안고 업고 말야 함함한 짐승의 털이 내 몸 가죽을 보드랍게
쓸고 지나갔지

　　까마득히 오래전 북방을 주름잡던 부족의 후손이 모녀라
는 걸 나는 금세 알아차렸어 곰이 제 조상이라는 신념의 세
계수를 아름드리 키운 종족이야 그들 선조는 부루말*을 타
고 곰을 사냥했지 살통에 돌살촉을 꽂은 남정네들은 바늘
잎나무 건너 툰드라 벌판을 누비었지 춤**에 돌아와 사냥한
곰을 신념의 나무에 매달았어 아낙들의 제단엔 갈 곳 없는
조상들만 몸을 뒤척였지 휘이 쌍무지개 너머로 날린 혼들
이 모이는 타이가 숲속 이 부족은 대대로 왼눈 밑에서 오른
쪽 정강이까지 빗살무늬를 새기며 연대했지 어슷비슷 쓸린
무늬로 동족을 식별했어 곳곳에서 출현하는 민패 무늬는 그
들의 치명적인 적

>

곰 후손들은 숲속을 떠도는 선대의 무늬를 복원하여 혈판
하듯 찍었어 날마다 제단을 찾아가 빗살무늬로 수제되면서
말이야 첨삭의 역사는 뼛속까지 이어졌지 종아리에 종아리
를 가슴에다 가슴을 턱에다 턱을 코에다 코를 눈에다 눈을

자, 들어 봐 신체발부는 수지원장이라 그러하여 몸에 상
형을 결정한 순간부터 효는 발효하지 연대기 집필이 시작되
는 거야 효를 완성할 불멸의 경전은 무두질 전 좌악 펼쳐놓
은 몸판이야 나는 유구한 경전 위에 덮인 모직 코트를 벗고
원장실 문을 활짝 열어젖히었어

* 부루말: 흰말.
** 춤: 유목민 천막집.

시네마 천국

1

최상의 미소를 수확하는 계절입니다 농부 마음은 다 같
지요 정성스러운 발걸음이 성장 동력입니다 삼경은 가장 핫
한 시간, 난립한 농원들이 갈래꽃 켜두고 성업입니다만 확
실하게 차별화한 제 농원을 내방하는 순간 당신은 최상 상
위층, 고객의 오감 분석은 기본 품목입니다 방사한 감정의
구간별 수치가 평균 이하면 무념 한 방울을 투입해 드립니
다 릴랙스 리일랙스 봉접이 와야 흥행이지만 말초까지 가는
길은 결국 같습니다 동행하시겠습니까

2

저기 길고 창백한 손가락들은 교배종입니다 저들은 언제
나 저 형식의 얼굴을 걸개처럼 앞세우지요 자기부정은 실패
와 동종이니까요 확신에 찬 신념은 무적입니다 곧 같은 형
식을 연습한 이국종 식물의 주인들과 면접 시간입니다 사
실 저는 이때 꼭 편도선이 부어오르지요 입가로 버캐 거품
이 모입니다 울창한 숲 밖으로 나가고 싶지만 문제는 타이
밍, 한길에서 한 종으로 분류된 수모를 참지 못한 교배종들
이 서명을 받습니다 특권층 동류들이 끝내 드러누웠네요 변
종들의 특이 동향입니다 이제 초원의 제 밀실로 도약하겠습

니다 와우! 여긴 통꽃들 세상입니다

3

작약 속에서 자지러지는 벌을 보셨지요 자진은 아무래도
무리숩니다 살짝 냉정을 뿌려드리면 진정한 낙원, 여기서
는 자기를 꽁꽁 여민 사람이면 더욱 좋습니다 불신은 맹신
의 충분조건입니다 관음을 촉발하는 촉수들이 깍짓손을 끼
었군요 서로 얽으면서 딴 몸을 지향합니다 실전이 개설된
시네마 농원에 입술을 끼워 파는 형이상학은 연일 상한가,
벌 떼처럼 달려들도록 배치도를 상비했습니다 각광받는 색
광 코스도 권장합니다 먼셀표색계에도 없는 섬세한 색을 무
진장 취할 수도 있습니다만 세팅된 매뉴얼의 최저속 코스도
좋습니다 색즉시공 콘셉트는 너무 눈에 띄는 포즈입니다 프
로들의 페르소나는 역시 무상심이지요

4

올해는 유난히 풍작입니다 자정까지도 가정을 사수하려
는 호모파베르의 위축된 주름은 올려놓으시지요 지금부터
호모오럴이 출발합니다 아아, 무척 예민한 촉수의 당신, 만
개한 웃음에서 0.001퍼센트 가식을 분별하시다니요 극소량

의 찰나적 냉소를 절개해 내시다니요 불순물은 영업상 치욕입니다 미량의 사생활을 봉합한 부위에 스며든 햇빛의 작란을 간과했음을 고백합니다 당신을 위해 재검증한 미소의 순도는 무결점입니다 이제 이곳에 꼽사리 포함되시겠습니까 천수천안을 배팅한 관세음보다 더 너그러운 긴 혀로 무상시, 불안을 완벽하게 무두질해 드리겠습니다 깜박깜박 수신호 따라 어서 서천꽃밭농원으로 오케이

제4부

옮기다

이로써
지난한 애도 기간은 끝났다

봄날 이른 새벽
백회에 쿵 떨어지는 소리
나는 이제 갈란다
한마디 남기고
그는 정말 떠나갔다

노을이 유난하게 붉은 저녁
나는 이제 서쪽으로 간다*
엄장에게 알리고 떠난 광덕처럼

봉긋한 봉분 가슴에서 파내어
까치놀 아래로 놓아주었다

* 「원왕생가」.

일동 재배

일 년에 한 번도 만날 수 없는
만나고 싶지 않은 혈육들이
포진하고 사는 도시에 새해가 온다
마지막 날 강제로 개종된 성도는
올해는 또 어디에 머물렀을까
메모리얼파크 달7실 842칸
뜨거운 불에서 나온 그가 직행한 곳이다
천국에 입국했다는 동생이여, 그는
원치 않는 항아리 속으로 들어갔다

유명 인사 묘역에서 두 달 호사한 그는
비장의 카드처럼 숨긴 명당으로 갔지만
제사로 추도식으로 성호 그으며
일 년 만에 한 집안은 풍비하였다
버려진 봉분들이 서로 시립하는 무주공산
맑은 날은 칠산바다도 보인다는 산턱에서
흘러내린 뗏장을 덮고 누운 그는
정말 누구도 찾지 않는 비경이 되었다
생전처럼 꼬였을 그의 동선에다 황망히
소주를 붓고 책 한 권을 올린다

\>

일 년에 두 번 집합하는 다른 선영에서
하향식으로 군집한 봉분 앞에 선다
구호에 따라 일제히 몸을 마는 반원들
대열의 등이 모두 둥그런 묏등이다
생사가 대칭으로 정렬된 대오 속
소속이 어디인지 불분명한 내가
묻지도 않고 정해 놓은 묏자리에서
일또옹 재배애, 동작을 놓치는데
볕에 쏟아져 나온 말벌 군단에게 쫓긴
단단한 집안이 제각각 솔밭으로 튀어
다시 전열을 가다듬는 설날이다

권주

통탄할 수밖에 없는 시절의 표명으로
시인 하나가 글을 끊겠다 선언하였다
파초 김동명의 절필 행적이나
창씨개명 안 하고 독을 찼던 영랑
서릿발 칼날진 위에 우뚝 선
육사의 기개 같은 서생의 결기는
어느 대명천지 반나절의 검색어로
살짝 지펴지다 허연 연탄재로 변했다

혀로 채널을 점령해 버린 이들의
원정 도박 소식을 연일 대방출하거나
여배우 성형 전후와 복근이나 먹방들
영명하신 존엄의 옷발과 헤어스타일을
현란하게 수사하는 필력들이 난입하여
전 계층의 오감을 총체적으로 평균화하는
주옥같은 자막들의 춘추전국시대에
절필 전략을 꺼내 쓰다니 구태다
퇴행이다 역류다 구시렁거리다
무명의 내가 절필하겠다 선언한다면
걱정 없이 잘 사는 풍란과 민달팽이에게

세탁기 밑 바퀴벌레와 화장실 거미에게
게임과 애정 전선이 피크를 이룬 아들에게
청천벽력의 파장이 일 것만 같아
절대 절필할 수 없어 절체절명인 밤

원고를 다시 다듬고 깎아내다
점점 초심을 잃어가는 작품 속에서
술잔을 들 때 단전에서 백회혈까지
거침없이 치고 올라오는 촌철의,
황홀한 필력 두 손으로 붙들고
시절의 중동을 원필하는 그대여
무명의 오늘 밤도 한 잔 또 한 잔

장미의 한 수

　하나도 빼놓지 말고 써라 육하원칙으로, 어뜨케 칼로 책을, 스트레쓰가 싸여 작난으로, 맞춤법 봐라 이거, 날마다 노는데 뭔 스트레스으? 이런 닭대가리더럴 얻다 써먹냐고요 눈에 힘 빼, 구체적으로 다시, 동아리실에서 뭐 했어, 숙박비나 좀 내라 모텔이냐? 날마다 주무시고 연애하시고, 노려보지 마 인마 근데 넌 왜 얼굴이 빨개, 니덜 정리하면 쓰.레.기야 범캔써적 존재애, 종말처리장이냐 여기가, 돈 뺏은 놈 누구야, 에이 씨 존나 구리네, 이런 똥통 안 다닌다구요, 머리 망가져요, 존나아? 쌩양아치들아 커서 뭐 될래, 잘돼요, 자아아알? 여보세요 여기 오셔서 좀, 술 마시고 횡설수설하, 알아서 하라? 구요?! 어? 끊었어, 애나 집 구석이나, 드러워서 못……

　사부와 제자가 합동으로 일체인 곳을 나와
　담장 밖으로 난 길을 어기적거린다
　쇠 울타리에는 철 이른 장미가 피었다
　부처와 예수와 공자와 마조선사의 가르침도
　눈 딱 감고 자리에 붙어있는 법 전수한
　그의 비법도 효력이 바이없는 험지
　철책은 안을 보호하는가 밖을 보호하는가

>
쇠 말뚝 타고 기울어진 담장에 올라
한들거리는 장미를 당겨 향을 맡는다
색과 향기로 철책 안팎을 평정한 장미
험한 땅일수록 일찍 개화하는 조건과
덩굴장미는 제대로 합동이다

자리로 돌아와 삐걱대는 의자에
다리를 접지하는 내내
녹슨 쇠 말뚝 위에서 시끄럽게 떠드는
덩굴장미들의 훈수를 듣는다

난제

오늘도 소음과 대판 붙었다
내일까지 합세하여
흐르는 물에 손을 두 번 담갔다
광폭의 데시벨로 쏟아지는
살해할 수 없는 대상과 드잡이하다
벽과 천장을 활활 태워버렸다

어제 소리는 날아가 자진하였고
내일 소리는 미발일지 모르는데
어제와 내일이 와있는 오늘
오늘이 없는 데서 내일을 산다
어제와 내일이 간섭하는 오늘은
어제와 내일이 함께 사는 오늘은
풀 한 포기 살 수 없는 화염산이다

소음도 눈물도 어제 일
어제의 회한과 분노를 붙잡고
내일의 불안과 엉키어
폭발하는 오늘 치의 불꽃
어제와 내일이 전폭적으로 가중된

걷잡을 수 없는 거대 소음과
사생결단으로 부딪쳐 무너져 내린다
쌓이지 않는 소리 없는 소리를
섭씨 39도 화염에 붙잡아 들이고
여의봉을 들고 허공을 공격한다

법사 일행이 도착한 곳
대단원은 텅 비어있었다

방편

1

소화제해열제진통제혈액순환제지사제이완제
안약감기약빈혈약멸미약정로환비타민소독약
여행 가방에 챙긴 상비약 목록이다
예방하고 예진하고 예감하고 예견하고
예상하고 예비하고 예측하며 안심한 날들
모의고사 예비고사 워밍업 예행연습 실습 인턴
지금 계약하라 재촉하는 수많은 보험까지
아직 없는 것들이 없을지 모를 것들이
유형별로 네트워크를 구축하고 쥐락펴락
한세상을 일사불란하게 끌고 다닌다

2

오늘도 이중창문 굳게 잠그고
잠금 장치를 다시 확인하는 것은
대비하지 못한 것들이 나 없을 때
문 열고 들어와 마구 돌아다니지 않게
불쑥 튀어나오지 않게 휘젓지 않게
날마다 바늘 같은 불안들 먼저 알아내
갈아 티끌로 만들어 날리기 위해

먼지 일으키고 거품 이는 것에
눈 부릅뜨고 불침번 서기 위해
조금씩 찔리고 미리 절망하여
한꺼번에 무너지지 않기 위해

3
이번 생은 리허설이다

무혈 혁명

속도와 이빨이
야생의 서열을 평정하였다면
평원은 아마도 치명적인 귀여움
이 전략은 딴딴하게 쌓은
우리 집 질서에 무혈입성하였다

굳이 순서를 매겨주자면
임플란트 치료한 아랫니가 흔들려
왼뺨이 부어오른 서열 5위는
살대 휘어져 우그러진 우산 들고
뒤축 한 땀이 살짝 터진 구두 신고
지하철 두 번 갈아타는
낙성대역 치과 향해 사라지고
유기농 낟알 못 갈아 먹어
함함한 털이 윤기 잃어가는
서열 0순위 햄스터님은
흔들림이 덜한 모범택시 타고
2주에 한 번 테헤란로 병원으로
길어진 앞니 갈러 행차하신다

>
그러게, 이제는 집집마다 이런
역성혁명 스펙 몇 개 있어 쥐야지
반상 없어진 지 언제인데
스스로 위에 앉아 이래라저래라
귀엽지 않은 것들이 꼬리도 없는 것들이
핥지도 보드랍지도 않은 것들이
이 악물고 앞만 보고 달린 것들이
노회한 것들이 대식하는 것들이
꽉 물고 막고 잘 말아먹었잖은가

작아 보이지 않은 것이 힘없는 것이
눌리어 입도 뻥끗 못 한 것이
느리고 매가리 없는 것이 위가 되고
탁성이 미성 되고 추가 미가 되고
푸른곰팡이 성한 반지하는 전망 좋은 상층

혼자 폼 잡고 안 내려오는 위는
용쓰다 톡, 땅으로 떨어져 꼭
반드시 기필코 똥밭에 굴러야 제격
똥과 일체 쉬파리나 꾀는 몸 되어

하필 어느 날 어디선가 굴러온
국적 불명의 호박씨를 회임ᄒ야
그 옛날 얼굴 품평하며 내뱉어 쌓던
너도 꽃이냐, 바로 그 호박꽃으로 피고
부른 배 밀며 열 시간 근무도 해보다
늙은 호박 노땅으로 강제 퇴장
골방 굴러다니다 심심하거든 꼴마리 까고
난감하네, 불두덩 거웃 세든가 말든가
산부 부기 빼는 즙으로 변신하든가 말든가

그래도 혹 모르거니 음, 땅님 신명님
제발 저를 최상 한량 쥐로 다시 태어,
어허 심히 무엄ᄒ구나 그리 가벼이 혀를
송구ᄒ옵나니 다음 생은 폼만 잡고
리미트 없는 하늘 말고 꼭 반드시
새하얗고 깜찍하고 초롱초롱 까만 눈빛의
초경량 햄스터님으로 점지, 영생 복락 누리다
불가마에 들어 메모리얼 스톤 목걸이로
원왕생원왕생, 키리에 일레이손
빡세게 백일기도 하든가 말든가

천불 나는 일

먼 물팍이 이러고 쑤시까이 또 비 장만헌 갑네, 용동떡
이 일기예보 할 때 체머리를 앓는 수암떡이 등장했다 화성
떡 귀에 대고 석국떡이 하는 말 아이고 항국에서 제엘 유명
한 방송국 왔어라우

방송국은 앉자마자 재혼한 딸의 근황을 중계한다 떼락 큰
농짝에다 명주 누비 모시 이불 외국서 산 술뱅에 옷에 그륵
에 먹을 것도 천지여 참말로오 잘해 노코 살데에

평상에 걸터앉은 유천떡은 주머니 뒤집어 보다 신발짝 털
다 쩌어그 저 저 얼룽얼룽한 것이 머싯까아, 몸빼에 붙은 밥
풀을 떼던 화성떡도 슥슥, 안산 쪽으로 채널을 돌려 준워이
아재가 벌통 났답띠다아, 아카시아 만발한 꽃 위에 슬며시
아들의 학위를 얹는다

갈쳐놔도 뭔 소용 있등가아, 채널이 돌아간다 즈그만 알
제 매당아짐 시난고난 몇 년 고생해도 어매 델꼬 간단 자
석 하나 없다네, 스윽 수단 좋은 사위에게 주파수를 맞추
는 수암떡 뜸쑥뜸쑥 말도 잘허고 웃는 낯갓이 좋아 꼬옥 성
산영감 탁엣당께, 금메에 사우가 얍실얍실허니 겁나게 이
쁘것소

온천 보내준닥 헌디 갸앙 돈으로 주먼 좋것네, 참말로오
아짐은 복으로 철갑했소이, 집도 여러 채 외제차도 있담서

117

라우? 뱃속에 들었을 때 딜라고 굴르고 약 먹고 야단허드만 그러고 소자 노릇 헐 줄 누가 알았겠소, 우리 집 가시내들도 그런 놈이나 물제 포도시 밥숟구락 잡고 살랑가 말랑가, 거시기 수바이양반네 딸도 새로 갔능갑든디 어째 잘 산단 소리 안 디킵디다, 아따아 얼굴이 물짜등가 아안?

심드렁한 대거리 끝 팽나무 위를 지나간 해가 대숲에 걸렸다 중계 마친 수암떡은 남 말도 듣지 않고 조촘조촘 돌아가고 모로 고개 튼 용동떡도 복장 터진 화성떡도 유천떡도 석국떡도 모두 퇴장

저 방송국언 뭔 복을 타고났으까이 빼 빠지게 학교 보냈어도 내놓고 말헐 놈 하나 있어야제 굿을 허등가 뫼짜리럴 파 불등가, 대문에 들어선 화성떡 앞에 살래살래 꼬리치는 백구, 이 모냥도 잔새이는 말 안 들어야 메랍시 맨날 거그를 파냐 금이 나오냐아 은이 나오냐아

개 밥그릇으로 맞은 백구는 동백나무 뒤에서 앞발로 콧등 쓸어내고 보송하게 파놓은 흙을 덮는 화성떡은 너는 오늘 저녁밥 다 먹었다, 고시랑고시랑 마당 건너가고

모범택시 큰아들을 정육점 둘째를 밥솥 파는 큰딸을 외판하는 넷째를 가게 낸 막둥이를 번갈아 중계하는 수암떡 방송은 날마다 감나무를 넘고 저수지 너머 갯가로도 우렁우

렁, 첩약도 소꼬리도 호박 반지도 여우 털도 화장품도 정수
기도 제공된다 이 방송에 기대어 제 자식들을 흐릿하게 짚
는 이 동네는 수암떡보다 돈 많은 사위를 가진 이가 없다 덜
가르친 사람도 더 많이 낳은 사람도 없다 고정 채널 이 방송
국의 몇십 년 장수 비결은 바로 이것이다

불역열호

벽 짚고 오른발 먼저 밀어야지
왼발은 거기 놔두고 섬마섬마
요렇게 들고 떼어 걸음마 걸음마
여기까지 잡고 밑에 넣어 받쳐봐
올리고 아니 좀 내리고 조금만 더 위로
핑핑 힘주어 콧바람을 내야 나오지
입으로 소리 말고 코로 핑
흔들고 돌리고 펴고 도리도리 쬠쬠

태곳적부터 유전하는 법들을
가르쳤던 이에게 다시 가르치는
뒤집는 법 앉는 법 걷는 법
구멍 여는 법 오므리는 법
먹고 막고 잡고 접는 법
사랑받는 법 살아있는 법

학이시습지면 불역열호아라
배우고 때때로 익히어
잊히고 익히고 잊히고 잊히어
때때로 비우니 또한 기쁘지 아니한가

흐르다

비늘구름이 드리워진 천변 길에
싱그러운 냄새들이 몰려다닌다
향기의 출처를 따지자면
꽃의 음부에서 나무의 항문에서
어젯밤이나 오늘 아침 출발하여
내 말초신경에 막 도착한 분비물이다
상큼한 물질을 흠씬 마시며 걷는 나를
사방에서 접면하는 식물들도 팔락팔락
내가 뿜는 분비물을 맘껏 흡입한다
평온한 수수 관계 사이클 안에는
지체와 정체만 반복하는 것도 있어
어린 날 내 무른 구멍을 마물러줬던
난감한 구멍 하나 기관에 위탁하고
냇가를 산책하는 나라는 물질 건너
쉬지 않고 순환하는 물질들이
상하좌우 달리며 휘저으며 물구나무서며
잘도 흘러간다 외음부까지 항문까지

성녀 마르타

〈마르타와 마리아 집을 방문한 그리스도〉
(60.0×103.5cm 1618년경, 캔버스에 유채, 런던 국립미술관)

1

    루가 복음서 10장 38절부터 42절에 있는 이야기다. 예수 일행이 여행하다가 한 마을에 들렀을 때 마르타라는 여자가 자기 집에 예수를 모셔 들였다. 그에게는 마리아라는 동생이 있었는데 마리아는 예수 발치에 앉아 말씀을 듣고 있었다. 시중드는 일에 경황이 없던 마르타는 예수께 와서 "주님, 제 동생이 저에게만 일을 떠맡기는데 이것을 보시고도 가만두십니까? 마리아더러 저를 좀 거들어주라고 일러주십시오" 하고 말하였다. 그러나 예수는 마리아가 자기에게 맞는 좋은 몫을 택했다고 말했다. 중세와 근대 시기에 여러 화가가 이 내용을 화폭으로 옮겼는데 위 그림은 〈시녀들〉로 잘 알려진 스페인의 궁정화가 디에고 벨라스케스(1599-1660)

의 작품이다. 조리대 앞, 불편한 심기가 가득한 마르타의
얼굴이 그림의 양광부로 보인다.

  2
  먹는 법 잊어버린 사람에게 밥을 먹이고 윗니에 낀 조갯
살을 뺀다 양치가 끝나기 전 때맞추어 둔부에서 올라오는
냄새를 맡으며 마르타의 눈과 마주친다

  눈비음하는 역사는 마리아가 원조이다 수많은 마리아는
발치에 앉아 조잘조잘 떠들다 수발도 없이 떠났다

  성경도 화가도 애써 숨겨 놓았지만 입에서 항문까지가 사
람의 길 예수가 편애한 것 너머에서 예수도 성가셨을 끼니
앞에서 수많은 마르타들이 대행한 무한한 구멍들

  보라, 마르타의 눈빛을! 어쨌든 구멍은 천하무적이다

수신제가

반마비 405B를 찾아갈 때면
책을 좋아했던 예전 여자를 대동한다
비문증 앓는 405B 앞에서 나는 늘
이파리다 나비 떼다 떽떽거리는 때까치다

동화책 읽다가 이름과 주소 복창시키다
좌편으로 갸우는 405B를 직립시키고
성현의 반열에 진입하는 예전 여자와
동일 인물로 봉합하며 밥을 먹일 때
우편 정점에서 동시에 개방되는 구멍들

식판으로 책갈피로 누비이불 위로
산산이 흩어지는 성현을 모으기 전
화끈하게 괄약근도 마저 풀고는
허공 끝자락 끌어 불두덩을 덮는
검불 같은 손가락을 거두며 생각한다
항문이 완성한 학문과 수신을
항문이 괄약한 책과 제가를

고도 스타벅스, 이 찰진

　꼼짝없이 걸려들었어 파리 목숨이야 이미 내 모두를 정리했더라구 이젠 심장박동도 섭생 패턴도 연애 세포도 그래프에 다 있어 데이터 1과 2는 다른 샘플 데이터가 되고 2는 1을 먹고 자라 3으로 확장되어 먹히고

　왜 이러시는 건데요 얼른 가시라니까 그러네 고독사 대상자는 달동네나 쪽방촌에…… 국가는 왜, 무슨 권리로 잘, 살고 있는 나를 관리하냐구요 걱정 붙들어 매고 다른 데로, 교양도 예리함도 듬뿍 첨가해 날린 목소리가 떨려 나오더라구요 비브라토로 모냥 빠지게

　요즘 모기 없어서 살겠어, 송파구가 다른 데보다 모기가 없는 건 은행나무가 많아서라는데, 언니가 자궁암 말기 돼서야 몸 이상을 알았다 글쎄 조카 결혼이 코앞인데 정신없이 병원에서 병원 그러다 딱 석 달 만에 가더라 울 언니 진짜 고생했는데, 어뜩하냐 눈감기 힘들었겠다 인생은 왜 꼭 식상한 대본처럼 그러는지 몰라

　아닙니다 미숙 님은 국가 정책을 관심 있게 보시고 미래를, 아따 미치겄네 필요 없다는데 뭘 자꾸 관심 갖고 봐달라 그래요 국가가 관종이, 그때 보컬이 심하게 시니컬한 복지사 한 명이 서류 넘기며 내 나이 들먹거림시러 한마디 하더라구요, 대상자예요, 아주 포스가 철철 넘치더라구요 거기에 밀렸어요

해외 계좌 없고 탈세 안 하고 매달 세금 냈으면 왕고객님으로 받들고 크리스털처럼 취급 주의 델리키트하게 모셔야지 도매금으로 후려 무식한 방망이 들고 마구 때려잡냐구 잡기를, 디럽게 쫀쫀한 거미줄을 사방에다 쳤어 못 빠져나가

땡글땡글한 이 근육 봐 누가 당신을 독거노인이래 그런 정보를 어떻게 알고 집까지 찾아올까, 강하게 어필하지 그랬어요 제발 신경 끄고 꺼지라고욧!!

누가 가마우지 직박구리 폴더를 열어봤더라구, 너는 석기시대에서 사세요? 그런 이름 안 써 요즘, 아침에 안 서 끝났어 아 통재라 불끈하던 시절은

그래도 송파구청께서는 납시어 들락날락이지만 가족 있으면 절대 방문 안 해요 가족 사이 건너갈 배도 없는 섬이 얼마나 많은데, 맞아요 방문만 닫으면 무인도지 뭐야 절해고도 만경창파에 둥둥 뜬 수천만 개의 섬 고도 육백 년 찬란한 서울특별시, 어쩌면 우린 모두 절대고독사, 무인사, 아니 고립무원사

그 고갱님이 실샘에서 줄을 뽑아 스스로 제 몸을 옭아맸지 거미와 돼지 지주회시인가 아니지 거미와 파리나 모기의 만남 지주회문승, 시스템을 운영하려면 거미들 똥구멍을 잘 교육시켜 내보내야지 본사에선 일을 왜 그따구로 하

는지 몰라

왜 이별에 이별만 거듭하는 걸까, 실패에 실패도 거듭했잖아 포기해, 난 니가 인생을 솜털처럼 가볍게 생각해서 좋아, 생각한다는 생각 자체를 안 한다는 생각을 갖고 있다고 생각하는 생각이, 에휴 암튼 그 집 손해 봐도 팔아버려라 암 걸리겠다

다들 리즈 리즈 시절 전성기 그러는데 난 오지도 않았는데 지났네요, 그럼 오늘이 맨날맨날 리즈 시절이다 생각해요, 문제적 문제의 시추에이션은 도움이 안 돼 나는 일생을 일관성 없이 쭉 살아온 훌륭한 일관성이 있다고나 할까, 포악스럽고 고약한 막된 딸이 나였더라니까요 딸 키우다 보니 이제 알았네요, 자꾸 눈도 턱도 흘러내리네 어디 좋은 데 알아? 세상과 확 분리되는 느낌이야 다 재미가 없어 초월 도통인가, 우울증 불감증 초기 증세야 상담받아, 시스템에 안 걸리고 증여하는 법 가르쳐줄까요?

백오십 개 나라 여행이 내 목푠데 몸이 영 그래, 몰라서 그렇지 한국도 구석구석 좋은 데 많아 어의도 전장포 홀통이랑 도리포 안 가봤지? 늦어 미안 아니 왜 휴대폰이 옷장에서 나오냐고요 머리가 완전 따로국밥이야, 나도 해부하면 몸에 백 명 넘게 돌아다닐걸

저번 거묘일에 거 새끼 만났는데 정의가 어떻고 복지가

어떻고 지랄지랄해싸, 나는 벌써 절교했어

찾았다 내가 원하는 맛! 딱 내 취향 저격이네 이거

전체 쓰냐 머리만 덮느냐 눈은 남기느냐, 왜 중동이라고
할까 중중이나 중서라고 해야지, 스카프만 그러냐 제복도
그래 피부는 박피해서 벗겨 내는데, 올린 머리 절대 안 내
리는 녀자도 있잖아, 밥 잘 먹고 웬 토론질이냐 소화 안 되
게, 니널 명희 소식 알아? 남편이 미투 낌새 알고 튀었대,
걔 인생도 참, 세계 어딜 가나 엑스와이 염색체가 문제야

우리 애 꺾으려면 삼대 아니 밀양 박가 삼십 대와 싸워
야 돼요

신념이 사람을 먹고 자라면 사상이 되고 종교가 되고 전
쟁이 되고 전쟁은 종교가 종교는 전쟁이 필요하고, 둘은 샴
쌍둥이 같아 종교로 변하기 전에 문화로 굳기 전에 부드러
울 때 폐기해야 돼 암튼 딱딱하면 베린 거, 연체동물처럼
살라 노자께서 말씀하셨거늘, 이데올로기는 옷처럼 벗어두
기 편해야 하는데

스크린골프도 한물갔어 업종 바꾸고 싶은데, 정식이가
만난 그 여자 돈 냄새 맡고 왔다가 요샌 회장한테 꼬리 치더
라 아주 붙여시 백여시 천여시여

레게 머리 꽁지 머리 총천연색 칼라 파마머리도 하고 가
끔 머리에 채송화도 야생화도 심고 꽃밭처럼 가꾸어 사람

들에게 기쁨 줄 거야, 꿈 깨라 그러니까 대통령 안 시켜주
는 거야

　이거 봐 또 빼먹었네 소수점 안 찍었잖니 저번에 분수 소
수 갈친 것 잊으면 안 돼애

　아는 언니 혼자 사는데 이제는 날마다 청소하고 속옷도
이쁜 것 입고 잘 때는 일부러 현관 체인 고리는 안 건대요 혹
시 의식 없으면 119가 와 문 따기라도 편하라고

　이 망망대해에서 어떻게 고래를 찾아야 하나 뿅~저어기
저 저 거대한 흰 고래가 분수를!! 분수를 뿜고 꼬리와 지느
러미를 힘차게 흔들며, 인제 제대로 복수해 보려고 당하고
만 살았거덩 드론 날리고, 무슨 드론이야 작살 꺼내 얼릉

　손이 왜 떨릴까 에스프레소 한 스푼을 아이스크림에 뿌
리는데 오른손이 왼 손모가지를 탁 쓸어 커피가 그만 노트
북에 쏟아져 버ㄴㄴㄴㄴㄴㄴ

　쫌만 버팅기자 온다 곧 올 거야, 아직도? 징허네요 왜 고
도를 기다린데요 당신이 원하는 다른 세상? 은 바로 여기
예요 음하하하 환상적인 백수 트리플 명품 한량으로 딱 맞
춤 환경, 불야성 깊은 한양 이곳, 찬란하디찬란한 이 고도
의 속세

남독

하나는 모두다 모두는 하나라는 글자 꾸러미들을 돌리며 읽는다 미로 같은 법계도는 좌하우상으로 이어진다 의상 대사는 이백십 자 속에 무궁한 화엄의 근본을 새겼다 이름도 없고 모양도 없는 그릇에 그득한 빛이 넘친다 빛은 자성만큼 비추거나 들거나 어디로 가든 전체에 닿는다 나는 광속으로 달음박질하여 인드라망 구슬에 이른다

글자 아래 어룽대는 네게 나를 비춘다 너는 내게 반사되고 섞이어 일렁인다 어떤 각도에서든 각을 잡고 세상 모든 지점이 있는 한곳 지하실 열아홉 번째 계단에서 너를 본 곳 내가 있으니 너 또한 또렷하여 어떤 나와 너는 알렙이거나 너는 내게서 발원하거나 말거나 나는 어디에서 어디 아닌 데서 거침없이 생성하거나 반조하거나

책갈피 새로 눅눅한 바람이 달라붙는다 비 올 확률 70% 습도 74% 위층엔 개와 발바닥 열두 개가 산다 건축 당시 첨단 공법을 택한 우리 아파트는 소음과 빗물을 커버하지 못하고 늙었다 한 건축가는 이 공법의 실패 사례로 우리 아파트를 들었다 오늘은 대각선과 장방형에서 모퉁이에서 고저장단으로 개와 발이 나댄다 집중할 일이 있다고 전송하라

경비에게 말한다

천명에 들어간다 본성은 천명과 통한다 천명의 명도 모르
고 살았다 서로 속에 본성이 있으니 내게 집착하지 말라 한
다 내 의지는 우주 만물 의지와 상통이다 논어와 화엄은 궁
극적으로 화통 대도무방 점층적으로 거대하게 날개를 펴고
구만 리 창천 휘저으며 날아가는데

조금 톤을 높여 따지는 내게 위층 발이 말했다 우리 집 개
소리가 아니다 이곳은 모든 소리를 반송한다 빗물 길을 따
라 이동하는 소리다 모든 소리는 네 소리일 수 있다 고로 개
소리는 내 소리란 말인가 화엄적 상수의 개소리 반격에 오
리무중인 소리의 영유권을 찾아 전열을 정비할 때 천장이
무너지는 확실한 물증을 손바닥에 받쳐 들고 활연히 위층으
로 비상하야 분기탱천 머리 뚜껑을 열고 굉음 조각을 날카
롭게 할喝!!! <<< 꽂으려는 찰나
비만 개 새끼 뒤, 백두옹 뒤, 또 배부른 딸 뒤, 공갈 젖꼭
지 문 꼬맹이 뒤, 울룩불룩 근육 삿기들

보고듣고알고행하고비추고통과하는 여섯 마리의 내가

화염에 들어 한없이 쭈그러진 계단을 내려와 대승적으로다
가 화엄에 들어야만 할 것 같은 대낮

　신화 사전은 힌두교의 세계 주기를 4단계의 유가기로 나
눈다 각 시기는 전후에 1유가의 10분의 1에 해당하는 박명
의 기간이 붙어있다 첫 번째 세계기는 4000년 두 번째는
3000년 세 번째는 2000년 네 번째 유가는 1000년 동안 계속
된다 박명기와 이를 모두 합한 시간은(360인간년을 1신년으로 하
면) 432만 인간년이고 이 우주 시간의 단위는 마하 유가이다
이거시 뭔 소리당가 써글놈덜이 번여글 이따구로 그러니까
이것 2000개를 모은 브라흐마 1주야가 한 Kalpa(겁)이고 한
Kalpa는 인간 시간으로 86억 4천만 년, 브라흐마는 각 Kalpa
가 시작될 때마다 우주를 부수었다 다시 만들어낸다 거시
기, Kalpa 건너편의 찰나는 눈 깜빡할 사이, 손가락 한 번
튕기는 시간 흠, 여기에도 65번의 찰나가 들어 1찰나는 1초
의 칠십오분의 일이다 찰나 속의 겁, 겁 속의 찰나가, 먼지
는 모래의 만분의 일쯤 진, 사, 육덕, 보이지 않는 먼지 속
에 사방 사우도 상하도 다 들었다

　　"그럼에도 불구하고 전폭적으로 끼어든 소리에 다름 아

132

닌 그것이 주어지고야 말았던 거디었던 것이었다 거칠게 표
현하자면 그것의 상당한 추락이 예상되어지는 가운데 상대
방 주장의 주목에 값하는" 열불 나는 문장들

끝없이 연기되는 어떤 나는 장렬하게 화염에 들고 싶어
하나 엽렵하지 못한 나를 보는 내가 읽고 쓰려는 나를 히스
테리컬한 내가 부추기는 나를 스물네 개 다리를 가진 내가
오 초 간격으로 짖는구나

다로러거디러 죠고맛감 삿기 광대 네 마리라 호리라 더
러둥셩 다리러디러 다리러디러 다로러거디러 다로러 거북
아거북아다리를내놓아라내놓지않으면 연기가 나는구나 화
염 속 세상 모든 지점을 쑤시다 파다 지르다 볼륨 올리다 쿵
닫다 먼지에 마하에 직경 2센티 3센티 또는 무한 공간 열아
홉 번째 계단으로 달리지만

찌릿한 아킬레스건 문지르는 나를 거북이걸음으로 따라
가다 발싸심하는 내가 발바닥 염증으로 따라잡지 못하고 걸
려 넘어진 나를 나라고 생각하는 내가 지금 여기 없는 나란
말이 말이나 되는가 말이다

삶과 죽음의 경계를 허무는 무속적巫俗的 상상력
―강유환 시의 의미

김경복(문학평론가, 경남대 교수)

빙의憑依, 내부에서 터져 나오는 천 개의 소리

한 편의 기이한 시를 살펴보는 것으로 강유환 시인의 시세계를 탐사해 보자. 한 시인의 시적 중심부에 가닿기란 참으로 어렵고도 두려운 일이다. 왜냐하면 한 시인에게 한 편 한 편의 시 모두가 그의 한 생애의 고뇌와 열정, 슬픔과 기쁨, 신념과 방황 등을 다 담고 있기 때문이다. 정현종의 「방문객」한 구절을 패러디하여 말하자면, "한 편의 시가 온다는 건/ 실은 어마어마한 일이다/ 그것은/ 그의 과거와/ 현재와/ 그리고/ 그의 미래와 함께 오기 때문이다/ 한 사람의 일생이 오기 때문이다"라고 볼 수 있을 테니 말이다. 그렇지만 시인이 가졌을 법한 무게의 고통과 즐거움을 우리 또한 작심하여 가지고 매달리면 강유환의 시 전체, 혹은 진체眞體는 파악하지 못할지는 몰라도 그 변죽은 볼 수 있지 않을까? 어쩌면 그 나름대로 발견한 변죽이야말로 실은 강유환의 우연한 진실, 정말 뜻밖의 현상으로서 저 내부에서 울려 나오는 '실재'의 파장일 수 있다는 점에서 우리는 행운을 기대해도 좋을지 모른다. 아무튼 그렇게 어마무시한 느낌을 주는 것으로 다가오는 강유환의 괴이한 시는 이렇다.

찾았다 내가 원하는 맛! 딱 내 취향 저격이네 이거
전체 쓰냐 머리만 덮느냐 눈은 남기느냐, 왜 중동이라고 할까 중중이나 중서라고 해야지, 스카프만 그러냐 제복도 그래 피부는 박피해서 벗겨 내는데, 올린 머리 절대 안 내리는 녀자도 있잖아, 밥 잘 먹고 웬 토론질이냐 소화 안 되게, 니덜 명희 소식 알아? 남편이 미투 낌새 알고 튀었대, 걔 인생도 참, 세계 어딜 가나 엑스와이 염색체가 문제야
우리 애 꺾으려면 삼대 아니 밀양 박가 삼십 대와 싸워야 돼요
신념이 사람을 먹고 자라면 사상이 되고 종교가 되고 전쟁이 되고 전쟁은 종교가 종교는 전쟁이 필요하고, 둘은 샴쌍둥이 같아 종교로 변하기 전에 문화로 굳기 전에 부드러울 때 폐기해야 돼 암튼 딱딱하면 베린 거, 연체동물처럼 살라 노자께서 말씀하셨거늘, 이데올로기는 옷처럼 벗어두기 편해야 하는데
스크린골프도 한물갔어 업종 바꾸고 싶은데, 정식이가

만난 그 여자 돈 냄새 맡고 왔다가 요샌 회장한테 꼬리 치더라 아주 불여시 백여시 천여시여

레게 머리 꽁지 머리 총천연색 칼라 파마머리도 하고 가끔 머리에 채송화도 야생화도 심고 꽃밭처럼 가꾸어 사람들에게 기쁨 줄 거야, 꿈 깨라 그러니까 대통령 안 시켜주는 거야

이거 봐 또 빼먹었네 소수점 안 찍었잖니 저번에 분수 소수 갈친 것 잊으면 안 돼애

아는 언니 혼자 사는데 이제는 날마다 청소하고 속옷도 이쁜 것 입고 잘 때는 일부러 현관 체인 고리는 안 건대요 혹시 의식 없으면 119가 와 문 따기라도 편하라고

이 망망대해에서 어떻게 고래를 찾아야 하나 뽛~저어기 저 저 거대한 흰 고래가 분수를!! 분수를 뿜고 꼬리와 지느러미를 힘차게 흔들며, 인제 제대로 복수해 보려고 당하고만 살았거덩 드론 날리고, 무슨 드론이야 작살 꺼내 얼릉

손이 왜 떨릴까 에스프레소 한 스푼을 아이스크림에 뿌리는데 오른손이 왼 손모가지를 탁 쓸어 커피가 그만 노트북에 쏟아져 버ㄴㄴㄴㄴㄴㄴ

쫌만 버팅기자 온다 곧 올 거야, 아직도? 징허네요 왜 고도를 기다린데요 당신이 원하는 다른 세상? 은 바로 여기예요 음하하하 환상적인 백수 트리플 명품 한량으로 딱 맞춤 환경, 불야성 깊은 한양 이곳, 찬란하디찬란한 이 고도의 속세

　　　　　　　　　　　―「고도 스타벅스, 이 찰진」 부분

전통 서정시 규범에 길들어 있는 독자 입장에서는 이 시는 참으로 괴이하다 못해 악랄한 느낌마저 줄 지도 모르겠다. 이렇게 많은 사람들의 목소리(시 속을 살펴보면 최소 25명 이상의 목소리가 들어있다)를 그야말로 날것 그대로 쏟아내고 있는 것이어서 이것이 시일 수 있을까 하는 의문을 들게 하기 때문이다. 확실히 그렇다. 이 시는 흔히 시라는 장르에서 말하는 여과나 승화의 관점을 비틀어버리거나 훌쩍 뛰어넘어 정말 말 그대로 여러 사람들의 온갖 잡다한 소리를 마음껏, 자유롭게 내뱉고(/내갈기고) 있다. 이렇게 여러 사람의 온갖 (마음의) 소리를 끌어다 모아놓고 이것도 시라고 척 내어놓는 모습에서 놀라움을 넘어 심하면 괘씸함을 느낄지도 모른다. 독자를 괴롭히려고 작정했나? 아니면 시를 잘 모르나? 신기함과 함께 뭔가 알 수 없는 배반감에 휩싸여 여러 생각을 하게 된다. 다만 마지막 단락에서 이 시를 쓰는 시인의 의식이 배어든 목소리처럼 여겨지는 "왜 고도를 기다린데요 당신이 원하는 다른 세상? 은 바로 여기예요" "찬란하디찬란한 이 고도의 속세"라는 표현을 통해 그나마 이 시인이 '스타벅스'로 대변되는 속물적 소비 자본주의의 서울의 풍경을 사무엘 베케트의 희곡 작품 『고도를 기다리며』의 내용과 관련하여 패러디하고, '고도'라는 단어가 가지는 중의적 의미를 언어유희화하여 풍자하고 있는 데서 시적 긴장감을 발견하여 안도할지 모른다.

그 안도감이 다이어야 할까? 작품의 완성도를 말하는 시적 긴장의 발견에 그나마 다행이라는 투로 자족하며 그쯤에서 '그래, 이것도 시가 될 수 있어' 하며 이러저러한 사정들을 눈감아 주고 아량을 베푸는 듯한 독자의 모습에서 그쳐도 되는 걸까? 우리를 불편하게 했던 것은 무엇이었나? 시에 대한 근원적인 질문을 제기하며 이 시는 기이하게 웃고 서있다. 이 자리에서 전통 서정시의 형태에 반립反立하는 전위시에 대한 특성을 추출하고자 하는 것은 아니다. 강유환의 이번 시집을 읽어보면 상당수의 작품들이 실험적이고 전위적인 의식과 형태를 띠고 있는 것은 사실이다. 그러나 대체의 경향을 살펴보면 삶과 죽음에 따른 정처 없는 마음의 행로를 밝히고자 애쓰는 서정시의 규율에 충실해 있다. 그런 점에서 「고도 스타벅스, 이 찰진」은 일정 부분 전위시의 관점에 서있지만 강유환 시인의 대체적 경향에 비추어 그 내면적 심정의 특이성을 해명해 주어야 할 것이다.

바흐친의 관점에서 한 작품 안에 많은 목소리, 즉 다성성多聲性이 등장하는 것은 좋은 작품이 될 수 있는 근거로 작용한다. 그러나 그것은 소설 속에서의 이야기이고 시에서도 좋은 기준이 될 수는 없다. 왜냐하면 시라는 장르는 짧은 형식 속에 하나의 긴장된 정서, 곧 단일하게 고조된 정서를 형상화함으로써 독자에게 강렬한 공감을 획득해야 하기 때문이다. 그렇다면 「고도 스타벅스, 이 찰진」에 등장하는 이 많은 목소리는 무어라 말해야 할까? 전체적으로 여러 사람의 내면에서 고조되어 돌아가는 욕망(/욕동)들을 터져 나오게 하는 형상이라는 점에서 긴장의 차원에서 작품의 특성을 언급할 것은 아니다. 미적 근대성이 추구하는 전위적 이론의 관점을 들이대도 그렇게 논의의 확산이 이루어질 것은 아니라고 보여진다. 그런 내용은 당대의 시나 현실에 대한 전복적 특성을 고려하여 현실 비판적 성격, 즉 당대의 현실성에 대한 부성성의 개념을 도출하는 데에 귀착되고 만다. 이 시는 소비 자본주의라는 당대적 현실에 대한 부정성의 측면이 중요하게 작용하지만 그 부정성의 개념으로 시적 의미를 몰아간다면 매우 단순한 시가 되고 만다.

때문에 그런 해석보다 이런 해석을 해보면 어떨까? 곧 하나의 목소리로 수렴되지 못하고 여러 목소리를 있는 그대로 터져 나오게 하는 것은 하나의 목소리로 집약, 승화하는 시적 기법보다 대상들의 내면적 욕망의 다양성을 있는 그대로 보여 주고자 하는 것이자, 여러 목소리들이 자신의 존재성을 하나의 입, 즉 하나의 출구出口를 통해 드러낼 수밖에 없는 현상을 반영하는 것으로 말이다. 이것을 발견하고 강조하는 순간 이 시는 세속의 서울 한복판에서 현실을 초월한 환상적 세계로 넘어가는 기이한 경험을 하게 한다. 다시 말해 하나의 대리자를 통하여 온갖 목소리가 터져 나오는 현상으로 이 시를 보게 한다는 것이다.

그것은 무엇을 의미하는 것일까? 좀 더 섬세히 살펴보면 이 시의 언술 주체는 강유환이지만 강유환의 입을 빌려 무수한 주체가 자신의 욕망과 비전을 뱉어내고 있는 것으로 간주할 수 있다. 생각하기 따라 시인 강유환이 요즈음 서울 사람들이 품었음 직한 여러 생각들을 상상력을 통해 그려본 것으로도 볼 수 있지만, 이 시의 서술이나 구성상으로 볼 때 정제되지 않은 여러 차원의 목소리들이 갑자기 몰려들어 밖으로 쏟아져 나오는 형상이기 때문에, 어떤 떠도는 목소리들이 어디에 잠복해 있다가 어떤 계기에 의해 순간적으로 우르르 터져 나오는 모습으로 읽혀진다. 그것을 설명할 수 있는 것은 '빙의憑依', 바로 그와 같은 현상 아닐까? 시적 화자와 시인과의 관계를 동일시한다는 측면이 아니라 시의 내용상 여러 목소리들이 이 시의 언술 주체라 할 수 있는 강유환의 입을 빌려, 다시 말해 강유환을 영적 매개로 하여 그들의 원망(願望/怨望)과 존재의 의미를 드러내고자 하는 것이 아닐까 하는 것이다.

빙의에 든 상태에서 쓰는 시라면 시적 승화는 중요하지 않을 수 있다. 각 영혼들의 절박한 내용들을 막힘없이 풀어내는 것이 더 중요하다. 이로 인해 각자 사연의 구구절절함을 주워섬기는 데에 그 현상의 특징이 놓인다. 따라서 시는 잡설이 되고 장황해진다. 이번 시집에서 제법 보이는, 가령 "음식점 로비에서 불우한 내가 볼록한 배 문지르며 문을 나서는데 갑자기 이마 주위가 확 땡기는 거야 뭐지 누구지? 두리번거리다 딱 마주쳤어 마당에 선 기가 막히게 잘생긴 나무랑, 니 집 그 감나무? 그래 꼭 그 나무야 나를 보더라구 그러더니 내게 꾸뻑 절을 해! 아이고 너 굽신굽신하더니 드디어 접신이구나 접신// 소식 아직 못 들었구나 요양기관에 맡겼어 거긴 전국의 각종 고목들 박물관이야 탈취제도 안 뿌리고 다른 곳보다 해도 잘 들고 알아보려고? 굽은 다리역 뒤쪽으로 70미터만 가봐 거기서 더 완벽한 건조 과

정을 거쳐야 끝나 위탁목의 운명이 그렇지 뭐"(「장황설」)로 나
타나는 시는 제목 자체와 내용에서 그러한 특징을 드러내
주고, 그 외 「신체발부는」「시네마 천국」「천불 나는 일」「남
독」 등의 작품은 빙의 그 자체는 아닐지라도 장황한 말과 요
설饒舌로 세상에 대한 한풀이 내지 넋두리를 쏟아내고 있다.

  그렇게 본다면 강유환의 시에는 일차적으로 신기神氣가
깃들어 있다고 말할 수 있다. 앞의 「장황설」 속에서 "드디어
접신이구나 접신"이라고 언급되고 있는 것처럼 접신接神 상
태의 시 쓰기 형상이 나타난다고 말할 수 있는 것이다. 그
리고 이러한 시는 시적 운율을 밑바탕에 깔고 쓰여짐으로써
타령조로서 잡가雜歌, 또는 무가巫歌 형식이 된다. 노래 형
식으로 한 맺힌 혼들의 살풀이를 하고 있는 것이라면 그것
은 무당의 말과 행동 그것 아닐까? 그것을 짐작해 볼 수 있
는 시들이 여럿이지만 다음 시편에서 그러한 현상을 유력하
게 발견할 수 있다.

    하, 가네 데려가네 떠메고 가네
    족보도 선산도 없는 것들이
    명함도 학벌도 없는 것들이
    동강 난 엄마를 머리 잃은 아기를 물고
    꺾인 할아버지를 친구를 사촌을 물고
    눈물 흘리는 개미들 만장 행렬들
    들길 지나 비탈길 올라가는 상여들
    말끔히 아비규환을 쓸어 모시고 가네

꼭뒤까지 뒤꿈치까지 또 스파크가 일고

주민번호 111111-1111111

봉안번호 5-B1-035××

931 3-042 나 16-021

무연 1751 미상 16. 11. 12 2차수 3화로

무연 3398 김○○ 15. 9. 29 2차수 8화로

아기들이 여자들이 남자들이

길에 산에 다리 밑에 원룸에 쪽방에

절연 객사로 날마다 무연고 묘

미상으로 불상으로 버려지는데 지워지는데

하, 줄초상 난 개미들 통곡하며

아직도 데려가시네 떠메고 가시네

—「하,」부분

　위 시에서 볼 수 있는 것은 한 맺힌 존재의 억울함을 대
리해 풀어주는 목소리다. 그것은 개미를 비롯해 "아기들이
여자들이 남자들이/ 길에 산에 다리 밑에 원룸에 쪽방에/
절연 객사로 날마다 무연고 묘/ 미상으로 불상으로 버려지
는" 비참한 일, 곧 죽음으로도 풀리지 않는 깊은 한을 달래
는 행위다. 원한에 맺힌 원귀들의 한을 풀어주는 씻김굿의
목소리이거나 무당으로서 진혼가鎭魂歌를 부르는 모양이라
할 수 있는 것이다. 시의 형식 역시 무가巫歌임을 짐작할 수

있게 전통적 민요 가락을 타고 있다.

　이런 무속적巫俗的인 점은 강유환의 시에서 가령 "그래도 혹 모르거니 음, 땅님 신명님/ 제발 저를 최상 한량 쥐로 다시 태어,/ 어허 심히 무엄ㅎ구나 그리 가벼이 혀를/ 송구ㅎ 옵나니 다음 생은 폼만 잡고"(「무혈 혁명」)에서 볼 수 있는 것처럼 익살스럽고 우스꽝스러운 혼과 신명 사이의 대화로 드러나기도 한다. 한이 깊으면 그 슬픔이 응결되어 흥으로 터져 나오게 된다는 것을 판소리를 비롯한 우리의 전통 속요 형식이 많이 보여 준 바가 있으므로 강유환의 이러한 발언과 형식 역시 그에 따른 것으로 보여진다. 그렇게 본다면 결국 빙의는 무당과 같은 입장에서 아픈 영혼들이 이 땅 위에 하나의 의미 있는 존재로 살았다는 인정이자, 그들의 풀리지 않을 한에 대한 수긍과 동조화의 태도라 할 수 있다. 시의 표현 속에 자주 "족보도 선산도 없는 것들이/ 명함도 학별도 없는 것들이"의 형식으로 주워섬기는 듯한 반복과 언어유희는 전형적인 무당의 언변, 즉 한 맺힌 자의 시름을 풀어주기 위한 전통적인 소리꾼들의 잡설 형식인 것이다. 주섬주섬 늘어놓는 사설 한마당은 혼의 입장에선 자신의 애절하기 짝이 없는 사연을 충분하게 알리기 위한 장치이고, 무당의 입장에선 원혼에게 당신의 한이 얼마나 넓고 깊은지를 다 안다는 배려의 장치인 셈이다. 죽음과 삶이 교차하는 경계에서 터져 나오는, 아니 거기에 응어리져 나오는 언사로서 참으로 슬프면서도 기이한 말의 형식인 것이다.

삶, 죽음의 또 다른 존재 방식

그렇다면 강유환은 왜 이런 죽음에 민감하고, 그들의 한 에 대해 시인으로서, 혹은 무당으로서 응답하고자 할까라고 의문을 품지 않을 수 없다. 시인이나 무당은 모두 현상 너머의 실재에 쉽게 이끌리고, 그곳에서 들려오는 소리에 쉬이 감응하는 특성을 지니고 있다. 신기가 보다 직접적인 무당이 그와 같은 일을 더 생생하게 경험한다고는 말해야 할 것이다. 생각해 보면 그들의 하루는 어떠할까? 이명耳鳴처럼 저 어떤 경계 너머의 어렴풋한 소리들이 수시로 귀에 쟁쟁하게, 앵앵거리며, 그것도 대부분 흐느끼는 듯한 목소리로 들려온다면 그의 심정은 황홀일까, 고통일까? 그러한 것을 경험하지 못하는 우리로서 감히 재단할 수 없지만 추측건대 고통스럽기도 하고 황홀하기도 한, 무어라 한마디로 말할 수 없는 복잡하고 미묘한 마음의 상태일 것이라는 점은 짐작된다. 아마 하염없이 자신의 속으로 파고드는 소리에 무심한, 또는 처연한 태도를 짓고 있는 것은 아닐지 모르겠다. 시인 강유환이 바로 그와 같은 상태로 하루를, 여러 나날을 보내고 있는 것은 아닐까? 죽음의 소리가 쟁쟁하지 않다면 이와 같은 시를 쓸 리가 없기 때문이다. 그것도 자신의 가까운 혈육의 죽음이 아니라 천지에 떠도는 비참한 넋들에 쉬이 호응하는 그녀의 신기가 그것을 말해 준다. 그러한 사정의 저변을 알 수 있게 하는 한 편의 시를 보게 되어 하나의 궁금증을 우리는 일부 풀어낼 수 있을지 모른다. 그 시는 이렇다.

더는 생산할 수 없는 여자가
더는 구부러질 수 없는 남자가
퉁퉁 부어 관에서 비어져 나온 사물에 대고
지독한 냄새로 변한 물질에 대고 부른다
닳은 손으로 텅, 텅 닫힌 문들 노크하며
삼대독자를 아내를 딸을 불러쌓는다
감지 못한 눈 쓸며 하늘을 불러쌓는다

베어져 상무체육관에 일렬로 누운 꿈들
청대 너머 날아가지 못한 붉은 혼들
쏘지 않았다는데 찌르지 않았다는데
헬기도 안 떴다는데 매장하지 않았다는데
밤마다 구렁에는 암매장된 별들이 뜨고

살아남아 일찍 상주가 된 이들이
다시 일찍 상주를 대물림하는
콩고에서 게르니카에서 팔레스타인에서 제주에서
아르메니아에서 프놈펜에서 칠레에서 금남로에서
얼마나 많은 육신이 썩어 호수인가 나무인가
얼마나 많은 살갗을 뚫고 꽃인가 무지개인가
　　　　　　　　　　　　　—「게르니카」 부분

끔찍한 죽음들의 나열이다. 비참한 넋들의 꿈틀거림이다. "닳은 손으로 텅, 텅 닫힌 문들 노크하며/ 삼대독자를 아내를 딸을 불러쌓는다/ 감지 못한 눈 쓸며 하늘을 불러쌓는다"는 표현은 삶과 죽음의 경계가 이미 닫힌 상태라는 절망감과 함께 이로 인해 쉽게 눈감을 수 없는 원혼들의 깊은 한을 드러내준다. 결정적인 내용은 주로 학살과 관련된 것들이다. 무엇보다 1980년 5월 전남 광주에서 일어났던 5·18 민주화 운동에 희생당한 영혼들의 아픔을, 그중에서도 "쏘지 않았다는데 찌르지 않았다는데/ 헬기도 안 떴다는데 매장하지 않았다는데"라고 말하는 당시 군부독재의 사실 왜곡과 윽박지름에 따른 억울함을 드러내고 있는 것이 중심이 되고 있다. 이 외에도 제주 4·3 사태에서 발생한 억울한 죽음, 나치에 의해 자행된 유태인 학살의 게르니카 등 비참하게 학살된 영혼들의 역사와 내력을 적시하고 있다. 특히 그 역사의 현장에서 발생하는 '호수와 나무'가 실은 "얼마나 많은 육신이 썩어" 생긴 것임을 증언하고 있고, 우리가 아름답게 여기는 '꽃과 무지개' 역시 실은 "얼마나 많은 살갗을 뚫고" 나온 비정하고도 잔혹한 역사의 결과임을 밝혀내고 있다. 처참한 기록들 속에서 시적 화자는 혼의 일렁임 내지 교감을 느끼고 있는 것이다. 나무와 꽃에서 죽은 영혼의 고통스러운 몸짓과 말을 보고 들을 수 있다면 그것이야말로 현상 너머를 보는 시인과 무당의 직분을 보여 주는 것이라 할 수 있겠다. 이러한 내용은 시인 강유환이 유별나게 원통한 죽음에, 이 천지에 가득 떠도는 원귀들의 소리에 민감하게 반응하고 있는 것이라 할 수 있다.

　이것은 무엇을 말함인가? 그에 대한 해석은 보는 사람의 입장에 따라 다양하게 내릴 수 있겠지만, 내가 보기엔 그것은 죽음이 삶의 형식에 미치는 영향을 말하고자 하는 데에 있는 것이 아닌가 생각된다. 강유환은 지금 현재적 삶을 살아가는 사람에게 자신이 경험한, 혹은 생각하는 죽음이 자신의 현실적 삶의 형식을 결정하고 주조해 내고 있다고 생각하는 것 같다. 죽음이 삶의 실질적 형식과 내용을 빚어내는 것으로 본다면, 삶은 죽음의 또 다른 형식이 된다. 삶과 죽음이 분리되는 것이 아니라 기이한 일치를 통해 동일한 파장의 울림을 공유하게 된다. 이것은 죽음을 통해 제 삶을, 제 운명을 끌어안는 일이자 더욱 사랑하는 일이 될 것이다. 이것을 느끼게 되는 사람이 있다면 그 사람이야말로 강신무降神巫가 되고 신기가 있는 시인이 된다. 시인 강유환이 그런 사람인 것인가? 그것을 엿보게 하는 시편들이 몇 개 보인다. 다음 시들이 그렇다.

　　오늘 내가 해야 할 일은
　　지아비 죽음도 모른 채 날마다
　　먼저 따스운 밥 한 숟갈 덜어놓는
　　이생의 질긴 법칙을 정리해야 한다
　　폐쇄 회로 화면 속에 누워
　　실시간으로 방출되는 부질없는
　　기다림의 기록을 지워주어야 한다

잊지 않으면 돌아가지 못할 이생
잔무늬가 곱게 새겨진 거울 들어
새 옷 입은 얼굴을 보여 줄 때
거울 속으로 이어진 길을 따라
머나먼 고릿적 청동의 시절까지
단숨에 거슬러 올라가
동록이 묻은 부장품들을
가쁘게 발굴하는 홍조 띤 사람의
어지러운 기억이 복원되기 전에

—「세문경」 부분

너는 내 심장에 대고
황금으로 치장한 방을 속삭이지만
만발한 진홍의 화원을 꽂아주지만
보라 나는 홀로 칼바람 맞으며
극지를 향해 가는 북극곰이다
알타이산 지축 흔드는 야생 낙타이다
스텝 초원 깨우며 날아가는 검독수리다

네가 보는 부드러운 이 웃음은
날카로운 부리다 더펄거리는 갈기다
뻣센 깃이다 발굽이다 바늘잎이다

황홀한 네 뜰 꿈꾸지 않았으니
불잉걸 네 마음을 들이지 않았으니

다듬지 않을 테다 길들지 않을 테다

견디지 않을 테다 눕지 않을 테다

지지 않을 테다 썩지 않을 테다

—「너는」전문

    두 편의 시 모두 죽음을 의식함으로써 현재적 삶을 어떻게 살아가야겠다는 내용을 다루고 있다. 「세문경」은 "오늘 내가 해야 할 일은/ …(중략)…/ 이생의 질긴 법칙을 정리"하는 것으로 당면 사항을 이야기하고 있는데 이러한 행위의 근본 동기는 "잊지 않으면 돌아가지 못할 이생"이라는 말을 두고 볼 때 윤회, 즉 죽음의 도래에 있는 것으로 보여진다. 이 시의 시적 화자가 현실적 삶에서 취하는 태도는 '정리'와 '지움' '잊음'이다. 이것들은 이번 생에서 모든 일들에 초연하게 살겠다는 뜻을 밝히는 것으로 보인다. 죽음이 시적 화자의 이번 생에 간섭하여 삶의 방식과 지향에 영향을 미치고 있다. 이 시의 시적 화자는 세문경이라는 청동 거울에 자신의 이러한 마음을 "새 옷 입은 얼굴을 보여"주는 것으로 드러내고 있는데, 이때 '새 옷 입은 얼굴'은 세속적 욕망으로부터 벗어난 상태의 모습, 즉 무당의 모습이거나 수의壽衣를 입은 모습으로 생각해 볼 수 있다. 그렇게 본다면 세문경은 살아있는 혼이 무당이라는 영매를 통해 죽은 남편의 혼과 소통하는 무구巫具인 셈이다. "머나먼 고릿적 청동의 시절까지/ 단숨에 거슬러 올라가"게 하는 세문경의 신비한 힘은 혼과 혼이 소통하는 강력한 영력靈力의 자장을 발산

한다. 강유환은 자신의 삶과 운명을 정리하게 하는 이러한 세문경을 갖춘 듯이 말하고 있다.

이에 비해 「너는」은 보이는 현상 너머에 있는 전생의 흔적들을 이야기한다. '너는 나를 황금의 방, 만발한 진홍의 화원 속의 존재로 여기지만' 나는, 나의 본질은 "극지를 향해 가는 북극곰이다/ 알타이산 지축 흔드는 야생 낙타이다/ 스텝 초원 깨우며 날아가는 검독수리"임을 밝히고 있다. 이 것은 이번 생애 너머에 있었던 전생, 즉 지난 죽음이 이번 생의 나의 나약한 모습에 머물지 말 것을 강조하고 있는 것으로 생각할 수 있다. 현실에 안존하고 물질에 탐하는 것으로 보이는 현재의 나가 진정한 나의 모습이 아니라 극지를 헤매는 야성적인 영혼이 나의 본질임을 천명하고 있는 것이다. 때문에 마지막 연에서 "다듬지 않을 테다 길들지 않을 테다/ 견디지 않을 테다 눕지 않을 테다/ 지지 않을 테다 썩지 않을 테다"라고 현실적 삶의 구속과 안이함에 매우 격렬한 저항 의식을 보이는 것은 당연하다 못해 자연스러워 보인다. 이 말은 결국 이번 생에서 보이는 현실적 안존 내지 타락에 대해 시적 화자가 그것을 부정하고 거부하는 것을 드러낸 것으로 볼 수 있다. 죽음을 통해 이생의 현존과 운명에 대해 더욱 치열한 사랑을 하겠다는, 아니 사랑할 수밖에 없음을 드러내는 사유인 것이다.

그 점에서 강유환에게 죽음의식은 매우 중요한 시적 질료가 된다. 실지로 이번 시집을 찬찬히 읽어보면 유독 죽음에 대한 이야기가 많다. 앞서 언급했던 천지의 가여운 영혼

들의 죽음도 다루고 있지만 주변의 지인들, 특히 혈육으로
서 할아버지, 할머니, 아버지의 죽음에 대한 시들이 상당수
있다. 이들을 살펴보면 죽음의 향기, 죽음의 방식, 죽음의
힘 등이 생생하게 느껴지도록 언술되고 있다. 이번 시집의
표제시와 연관성을 갖는 「너머」의 연작시도 이런 해석의 연
장선상에서 살펴볼 수 있다. 그런 점에서 우리는 다시 묻지
않을 수 없다. 왜 강유환은 죽음에 집착하는가? 죽음이 그
녀에게 어떤 의미를 가지는가?

   이에 대한 해답의 실마리를 앞의 「게르니카」 시를 다시 들
여다보는 것으로 찾아볼 필요가 있다. 또 이것을 찾기 위해
서는 잠시 강유환의 시 세계 밖으로 빠져나올 필요가 있다.
추측성 해명이지만 시에서 언급되고 있는 만큼 사실성을 띠
고 있을 것으로 여겨진다. 시인 강유환은 80학번으로 전남
대 국어교육과에 입학했다. 1980년 5월 전남 광주의 시가
지는 민주화의 열기 속에 고통과 분노, 그리고 무엇보다 죽
음의 기운으로 가득 차 있었을 것이다. 막 대학생이 된 시
인의 입장으로 그러한 역사의 뜨거운 현장은, 특히 동참하
여 같이 죽음의 대열에 놓이지 않은 사람들에게는 깊은 트
라우마로 작용하였을 것이다. 임동확의 『매장시편』에서 볼
수 있는 것처럼 민주 선영에 대한 부채 의식은 광주와 전남
이라는 이름의 민주 열사들을 한없는 죄스러움과 고통 속에
살게 하였을 것이다. 거기서 몸과 마음은 해지고 닳아 반쯤
미친 삶을 살게 된 것은 아닐까? 혼을 달래는 시인, 혹은 무
당의 삶을 본능적으로 선택하게 되지 않았을까? 이번 시집

의 "흥흥하여 살 만한 때가 되었다"(「유월」)라는 표현으로 자신의 자조적 마음의 한 자락을 표출한 것처럼 말이다. 시인 강유환이 꼭 그러했다는 보장은 없다. 그러나 그 혼란의 한 복판에 있었으리라 추정되는 시인 강유환의 내면에 5·18 민주화 운동의 역사적 충격은 어떤 형식으로 응어리져 있을 것이다. 그것이 이렇게 세월을 달리하여 계속 무속적 상상력으로 맺혀서 터져 나오고 있는 것으로 볼 수 있다는 뜻이다. 때문에 그녀에게 죽음은 존재의 심혼을 흔드는, 그리하여 현재의 삶의 형식과 질을 결정하는 하나의 요소가 된다. 참으로 아이러니한 모습이다. 아이러니한 생이다.

육자배기, 상처 난 영혼을 위무하는 소리

불행한 시인 강유환에게 참으로 다행스러운 것이 있다면 전남 무안 출신으로 남도 가락을 알고 있다는 점일 것이다. 남도 가락은 청승맞지만 한 맺힌 사람의 시름을 곧잘 달래 준다. 진도 아리랑을 비롯해 씻김굿이거나 육자배기, 판소리 등은 전남을 대변하는 남도 소리다. 이번 강유환의 시 속의 무가풍 역시 남도 소리에 의탁해 있고 이는 남도인의 실존적 정체성을 확인시켜 주는 것으로 기능한다. 그녀의 첫 시집부터 이러한 가락이 주는 향취와 위무는 이번 시집에 와서 더 처연하게 빛을 발한다. 시인 강유환의 사색이 더욱 깊어져 실존적 삶의 현실이 한층 무거워졌다는 반증일지 모르겠다. 그러한 것을 보여 주는 시는 다음과 같다.

대공원 꽃구경하고 온 날, 엄마엄마 이리 좋은 옛날엔
뭐 했어

말도 마라 복사꽃 배꽃 살구꽃 천지여도 꽃 볼 참 있었데
야 깔크막 산밭에는 서숙인지 보리인지 무룻조차 독쌔기조
차 나숭개 쪼배이 곰밥물레조차 미영 솜 타면 부끈부끈 부
등털철로 일어 흐커게 날아댕기던 머슴둘레조차 매고 매다
집이라고 돌아오면 캄, 카암헌 정지서 소죽 쑬라 찬 맨들라
밥 차릴라 빨래 헐라 하나씨 한 상 할매 한 상, 꽃 피능가 지
능가 꽃 볼 참 있었데야
  끝없는 밭풀들 왼손으로 꼽으며 손사래 치며 고개 저으
며 엄마의 봄날은 이 뒤로도 한참, 여름날로 넘어갔다
  콩밭 깨밭에는 보래기조차 애지심조차 오사당창 독하던
자마리밥 꼬치지심 먼지 구덩서 쪼그리고 땀으로 매깜으면
속도 허심허심 외욕질만 나오더라 날 궂어 썩은새 지시랑물
에나 놀제, 꿈에서도 지심 깨서도 지심 할매철로 반들반들,
깨끗이 하고 돌아서도 조막떼기밭에는 또 자마리밥 깜밥지
심, 늦하내바람 불 때까지 애지심 눋은밥지심

긴긴 여름날도 또 이렇게 저물었나 평생 맨 풀들 태산보
다 높다 하는 엄마의 입은 소를 닮았다 알 수 없는 풀들 되
새김질하던 엄마가 문득 늙어가는 내 얼굴을 씷었다 껄껄

한 손바닥이 핥아줄 때마다 무장 어려진 나는 태산 아래 천
방지방 뛰놀다가 까무룩 잠든 시앙치가 되었다

　　　　　　　　　　　　　　　　　　　　—「그리운 잠」 전문

이 시가 실제 민간에서 불려지는 육자배기를 보여 주는
것은 아니다. 딸의 대화 속에 이어져 나오는 어머니의 봄
과 여름의 생활에 대한 사설이 바로 타령으로 구성되고 있
다는 점이 육자배기로 보게 한다. 육자배기는 전라도 민중
들이 생활상의 시름을 읊는 형식을 가리킨다. 가령 시 속의
"감, 카암헌 정지서 소죽 쓸라 찬 맨들라 밥 차릴라 빨래 헐
라"라는 표현은 생활 속의 고단함을 말하는 부분이지만 묘
하게 반복과 언어유희로 운율적 효과를 얻으면서 신명을 자
아내는 가락이 된다. 한과 신명이 어우러지면서 한세상 슬
픔과 기쁨을 털어내는 것이다. 그러한 어머니의 가락이 시
적 화자인 딸에게도 전승되어 있음을 "무장 어려진 나는 태
산 아래 천방지방 뛰놀다가 까무룩 잠든 시앙치가 되었다"
라는 표현으로 보여 준다. 이 표현도 운율적 수사를 담아냄
으로써 가락을 타고 있는 것이 분명하다. 그런 점에서 이 시
는 민중의 한과 시름을 달래는 전라도 육자배기 형식이다.
특히 전남의 사투리로 언급되고 있는 언어적 형식에서 이를
더욱 잘 찾아볼 수 있다.

그렇지만 이 시의 아름다움은 그 소리가 바로 저 핏줄 속
에서 맺혀 흐름으로 인해 "그리운 잠"이 된다는 사실에 있
다. 시의 내용으로 볼 때는 "엄마가 문득 늙어가는 내 얼굴

을 쓸었다 껄껄한 손바닥이 핥아줄 때마다" 까무룩 잠든 시 앙치가 된다고 하고 있지만, 물론 어머니의 그 편한 손길 과 촉감이 그리운 감각으로 자신의 두려움과 억울함을 쓸어 내리는 것도 있겠지만, 내가 생각건대 그리고 시의 구조와 정서상 그리운 잠을 재촉하는 것은 늘 자신의 주변에 맴도 는 '소리'다. 잠들고 있는 나에게 '너는 보호되고 있어'를 알 리는 기척으로서 정겨운 소리인 것이다. 그리 높지도 않은 채 어룽어룽 한정 없이 풀려 나오는 머리맡의 그 소리는 그 날의 고단과 슬픔을 씻어내면서 하루를 잠들게 한다. 거기 에 진정한 휴식과 평화가 깃들어 있음을 핏줄이, 영혼이 안 다. 남도의 가락은 본능에, 무의식 속에 면면히 맺혀 흐르 면서 이를 실현한다.

강유환은 시 속에서 이것을 말하고자 하는 것은 아닌지 모르겠다. 고향과 유년은 인간이 상실한 동일성의 세계다. 현실적 삶이 고단할수록 부모님과 부모님이 있는 고향이 그 립다. 그런 점에서 "연 항아리 덮은 물이끼 보며/ 나도 모르 게 튀어나온 말은 '잉끄'// …(중략)…// 가마는 가매꼭지 뒤 통수는 뒤꼭지 턱은 턱아지 엉덩이는 넙턱지 왼손은 외약 손 솜털은 부등털 뒷덜미 데시기 주근깨 주경씨 복사뼈 복 성씨// 라임도 자수도 착착 맞는 모어들"(「입말」)의 고백 어 린 시적 언급은 그녀의 심중에 이는 그리움의 표현일 것이 다. 고향의 입말은 자신의 핏줄에 새겨져 문득 불거져 나 온다. 표면에 표준어, 공식어로 싸매어 두어도 어떤 계기 가 주어지면 바로 무의식의 강력한 힘을 지원받아 밖으로 쏟아져 나온다. 그것은 마치 내 안에 잠들어 있는 여러 영혼들이 제 주체성을 드러내기 위해 밖으로 터져 나오는 것과 다름없다. 거기에 현실적 삶의 결핍, 소외되고 배제됨으로써 쓸쓸해진 삶의 한 과정을 메꾸고 달랠 수 있는 가능성이 들어있다.

시인 강유환의 상처는 한두 마디로 재단하기 어려울 것이다. 그러나 그녀가 자주 언급하는 죽음 의식에서 그 상처의 일단을 엿볼 수 있다. 그리고 서울이라는 현실 공간에 있음으로 인해 고향을 떠난 상처, 자신의 정신적 고향 상실의 상처를 짐작해 볼 수 있다. 그런 존재에게 어머니와 고향, 그리고 그것을 대변하는 육자배기와 같은 예술적 장치는 그녀에게 많은 위안의 형식이 될 것이다. 시도 바로 그런 장치 중의 하나일 것이다. 그런 점에서 시 쓰기는 강유환에게 자신의 존재 방식의 특징을 결정하는 것이자 저 '너머'에 있는 죽음을 의식하는 행위인 셈이다. 무당으로서의 속성이 강해질 때 그녀의 시는 혼의 넋두리를 받아내는 장광설에 가까워진다. 시인으로서 자의식이 강해질 때 그녀의 시는 고향과 혈육에 대한 그리움을 표현하는, 그래서 조금 정제된 시 형식을 갖춘다. 강유환에게 시인과 무당은 겹쳐지는 특성으로서 모두 현상 너머의 실재를 알아챌 수 있는 존재, 랭보가 그리 강조했던 견자見者의 특성을 갖춘 존재다. 그것은 군사독재로 암울했던 과거의 역사에서나 소비 자본주의로 물질적 욕망만 판치는 현재의 역사에서도 우리 인간에게 심원한 전망을 제시해 줄 값진 존재라 할 것이다.